柏林童年

華特・班雅明

Berliner Kindheit um neunzehnhundert

WALTER BENJAMIN

譯本說明

班雅明一九三二年開始寫作本書，最初是應當時《文學世界》雜誌之約寫《柏林紀事》，後來則在此基礎上寫成了本書，一九三八年完稿。前者約有五分之二的內容在該書中得到了體現，但寫作方式完全不同。兩部文稿都是在作者身後才得以出版。

班雅明親自整理並命名爲《一九〇〇年前後的柏林童年》的書稿至少有三部，一九五〇年阿多諾整理出該書稿交給Suhrkamp出版社出版時，那三稿都還沒有被發現。當時，阿多諾是根據散見在班雅明遺稿中的部分篇章以及三〇年代已經由報紙和雜誌發表的部分整理成了一部書稿。在這部文稿中，由於當時對班雅明該書稿的本來順序一無所知，阿多諾只能自己排序。

一九七二年，Tillman Rexroth在編《班雅明全集》時又將此間新發現的班雅明該書稿的其他章節收入其中。因此收入《班雅明全集》裡的《柏林童年》要比阿多諾整理的稿子完善。

一九八一年人們在巴黎國家圖書館又發現了大量班雅明一九四〇年離開該

城市前偷偷藏在那裡的手稿，其中就有一九三八年寫成的《柏林童年》的「最後稿」（die Fassung letzter Hand）。一九八九年 Suhrkamp 出版社重印該書時就採用了這一稿。同年，該稿也被收入到《班雅明全集》第VII.I卷中。這「最後稿」表明：班雅明一直沒有放棄單獨出版該書的念頭。

一九八八年人們又見到了班雅明該書的另一成稿，同年根據該成稿在德國又出版了一個單行本。由於該稿一直被保存在德國的基森市，所以被標之以《柏林童年》「基森版」。該稿源於當時柏林的一個律師，布萊希特的朋友 Martin Domke 之手，班雅明在一九三二年曾由他約稿爲一套題爲「利希登堡書系」（Lichtenberg-Bibliographie）的叢書寫稿。一九六〇年代中葉，該稿經由加拿大的一個骨董商轉到了德國基森大學的德國文學研究所，此後便一直被保存在該研究所，直到一九八八年才公諸於世。研究界普遍認爲，該稿應該是班雅明此書最早寫完的成稿。

鑑於「基森版」與「最後稿」在內容上有明顯的不同，而且都是經班雅明親自整理出的，一個出自該寫作的早期，一個出自晚期，因此特將這二稿一併譯出。前者據德國 Suhrkamp 出版社二〇〇〇年出版的該書同名單行本，後者據該出版社一九八九年出版的《班雅明全集》第VII.I卷中的同名文稿譯出。

譯本說明 2
推薦序 安放我們桌上的一只蜂巢 吳明益 7
推薦序 一個都市人的童年 胡晴舫 16

第一稿（基森版）

姆姆類仁 32
動物花園 37
西洋景 41
勝利紀念碑 45
電話機 48
捉蝴蝶 51
出遊與回歸故里 54
情竇初開 57
冬日的早晨 59
斯德格里茲爾街與根蒂納爾街交匯處的街角 61
科諾赫先生與普法勒小姐 65
馬格德堡廣場邊上的農貿市場 68
發高燒 70
旋轉木馬 77
水獺 79
一則死訊 82
孔雀島和格靈尼克 84
花園街12號 88
識字盒 95
櫃子 97
學生圖書館 103

捉迷藏 108
幽靈 110
聚會 113
乞丐與妓女 118
不幸事件和罪行 121

最後稿

序言 146
迴廊 148
西洋景 152
勝利紀念碑 154
電話機 157
捉蝴蝶 160
動物花園 163
遲到 167
少年讀物 168
針線盒 126
聖誕天使 131
兩支銅管樂隊 136
駝背小人 139
冬日的早晨 171
斯德格里茲爾街與根蒂納爾街交匯處的街角 173
兩幅謎一般的景象 177
農貿市場 180
發高燒 182
水獺 189
孔雀島和格靈尼克 192
一則死訊 196

花園街12號 197
冬日夜晚 203
彎街 204
長統襪 207
姆姆類仁 209
捉迷藏 211
幽靈 213
聖誕天使 216
不幸事件和罪行 219
色彩 224
針線盒 226
月亮 229
兩支銅管樂隊 232
駝背小人 235

附錄

食物儲藏室 240
書桌 241
猴戲 244
《新德國青年朋友》 246

後序　阿多諾 248

推薦序　安放我們桌上的一只蜂巢

吳明益

1 零時

德國人稱一九四五年為Stunde Null，零時。彷彿這個時間點以後，另一個時鐘所暗示的世界秩序才開展似的。《正午的黑暗》作者亞瑟．柯斯勒（Arthur Koestler）曾說：「在一次大戰結束到二次大戰爆發這段時期，為建立人類新秩序的渴望是何等的浩大，而未能實現那渴望的挫敗又何等令人悲嘆。」在那個還不知道會有一個「零時」出現的絕望歐洲裡，諸如褚威格（Stefan Zweig）或被蘇珊．桑塔格（Susan Sontag）稱為「歐洲最後一個知識分子」的班雅明已經自殺。他們熬不到「零時」的到來。

多數讀者一開始接觸班雅明，總是陷入那迷宮似、既理性井然又深沉的文字裡，讀者總能各取所需，畢竟他的文章既可以是藝術理論、哲學、社會學，也能當成動人的散文。

我接觸班雅明的「零時」是在研究所時期，說起來有點晚了。當時單純地著迷於他對影像詮釋的敏銳度，就像他自己所說的「靈光」。後來才又在允晨版的《班雅明作品選》裡，第一次讀到《柏林童年》。當時我尚不知道這本書的身世，簡直就像一個孩子的童年一樣迷離、迷人，且讓人傷感地迷戀。

一九三二年班雅明應《文學世界》雜誌之邀寫了命名爲《柏林紀事》的一系列文章，而以這爲基礎，一九三八年完成了《柏林童年》。不過這本書得在「零時」後五年，才由他的好友阿多諾（Theodor W. Adorno）整理出版，當時文章的順序也是阿多諾排序的。之後又有諸多因緣而出現了數個版本，直到一九八八年才被發現的，後來一直保存在德國基森市的版本，被稱爲「基森版」。一般認爲可能是班雅明寫《柏林童年》的最早版本。

這個書稿的流離經過，和班雅明的身世合起來看顯得更具隱喻性。早在一九三二年寫《柏林紀事》之前，啓發他左傾思維的情人阿西雅・拉齊絲（Asja Lacis）就已介紹布萊希特（Bertolt Brecht）給他，不可諱言在藝術技巧與藝術觀點上，布萊希特影響班雅明甚深。而寫完《柏林紀事》後，班雅明曾一度決定自殺，甚至還寫了遺囑，但終究沒有實行。一九三八年他完成《柏林童年》的定稿，隔年就被關進聖·約瑟夫集中營，他的情人拉齊絲也曾被關進了蘇聯的古拉格集中營。這或許才是班雅明絕望的關鍵：無論是史達林或希特勒都逼得他的思想、情感、現實人生無所依歸。也正如他自己所說的，淘汰知識分子這個物種的，既是共產主義，也是資本主義。他開始逃亡，並在逃亡途中於西班牙的波港（Port Bou）自殺。

從這些時間點來看，《柏林童年》都絕非在溫暖的房間裡，遙想那個點著溫暖煤氣燈的童年時光所寫成。而是在經濟困難、感情飄泊、納粹迫害、環境艱難的多重陰影下，所回想起的，那個屬於他，沒有人能奪走的記憶裡的「零時」。

2 無聲事物的語言

班雅明在歐洲思想界的地位非常特殊的一點是，他的論述幾乎可以施用在政治、社會、文學、藝術等等各個層面上。但追根究柢，對語言符號的認知與獨特見解，是班雅明思想與寫作很重要的一個關鍵點。

早在一九一六年他的〈論本體語言和人的語言〉，班雅明就思考了與人一般使用語言不一樣的「本體語言」(Sprache überhaupt)。我不想以哲學思辨或語言學的角度，打斷一般讀者的閱讀興趣，但這其中有一個概念或許一般人也不難理解。那就是除去語言，我們無法傳遞所要描述的事物。因此，事物透過語言，得以展現了人類的思想脈絡。

但在班雅明的思考中有一種情形，思想的存在就是語言的本質，而它透過事物來傳遞自身。舉例來說，我們用語言解釋電話的發明與存在的意義，是爲了兩地人們的溝通，這時候語言成了解釋電話存在的中介。但人們用聲音來溝通、訴說情感的欲望事實上是先於電話而存在的，因此當我們讀到《柏林童年》裡的〈電話機〉的時候，與其說是班雅明要向讀者傳遞、解釋他所知道的電話的意義，也不妨說是意義的本身，透過「電話」這個「物」爲媒介，讓班雅明的文字，能呈現出電話背後那個「本質」：那些人與人的對話、溝通、爭執與傾訴。因此在他的筆下，「電話機成爲年輕人寂寞中的安慰。不再有希望、想要告別這個惡劣世界的人，電話帶給他們最後一絲希望的光芒。被離棄的人與它分享床褥。」而當電話響起時，他好不容易說服自己，「爲結束那急促難忍的鈴聲而摸索著穿過暗黑的過道，拿下那兩個像啞鈴那麼重的聽筒，將頭埋進去時，我便毫無選擇地只能聽任話筒裡那個聲音的擺布了。」

電話機這樣一個題材，在班雅明的筆下出現了不可思議的幽微意涵。不，這麼說並不準確，應該說是那個「意義」本來就存在那裡，而它透過「電話」這個事物，傳遞出那個原本被隱藏起來的，人原本已經存在的某種思考、情緒和反應。（那個話筒裡的聲音，竟如此影響著我在此端的遙遠人生。）

我以爲這就是班雅明所謂的「無聲的事物語言」。

於是當我們翻著《柏林童年》時，會讀到諸如〈勝利紀念碑〉、〈少年讀物〉、〈水獺〉、〈孔雀島和格靈尼克〉、〈長統襪〉……等等事物，往往伴隨著一種出乎意中的隱喻，比方說一個孩子伸手到黑不見底的長統襪裡，把它翻轉出來，竟爾讓班雅明領悟到：「形式與內容、包裹與被包裹住的東西其實是一體的。它指導我用心從文學創作中去發掘其間的眞諦，就像孩子用手將襪子從『袋子』裡拉出來一樣。」於是我們知道，對班雅明而言，這些無聲事物，都存在著自身的純粹語言。即便不陷入這樣的哲學思考，讀者也能在《柏林童年》裡讀到一些溫暖的線索。那些諸如〈遲到〉、〈花園街12號〉、〈針線盒〉或〈一則死訊〉、〈駝背小人〉，都是彼時充滿告別情緒的班雅明對學校、外祖母、母親、父親，以及童年想像的那些精靈和鬼魅的告別。那些切片式的展示，懷有像雨天矗立在公園深處被遺忘的紀念碑那般的荒涼意味。

正如這本書的序言裡班雅明寫道：「一九三二年身居國外時的我已開始明白：我可能很快地即將與自己出生的那個城市作長久甚至是永遠的分離。」這分離並不是主動登上船隻，而是在寫作與成長奮戰的過程裡，慢慢感覺到的，一種像大陸板塊漂移一樣的時代移動，即將把他和他所認識的世界帶到一個陌生的地方。班雅明因此說寫這本書，「旨在從必然的社會的無可挽回性，而不是從偶然性的個人傳記角度去追憶往日的時光。」

猶記我初讀這本書時，一些發亮的句子彷彿路標，但奇妙的是我所看望到的並非班雅明的童年生活片段，而是那個就像天鵝星座一樣遙遠且不可觸及的「一九〇〇年的柏林」。

3 蜂巢

奧古斯丁（*Augustine*）在《懺悔錄》（*Confessions*）裡有這麼一段文字：「我來到記憶的田野與寬廣宮殿，這裡有無數影像的寶庫，是感覺所知覺的各式事物所帶進來的。這兒貯存的，是我們能想到的以外的一切，藉著放大、縮小，或任何其他方法，把感官遭遇的那些事物加以改變過的；以及在健忘尚未吞噬埋葬之前就交託安置好的。」

然而我們並無法對這些記憶的求索予取予求，它們總是像聰明的小動物躲在森林的角落，或是像蝴蝶一樣飛行。

班雅明對自己將「告別」的焦慮存在了不短的一段時間，他一面藉寫作批判，一面懷著難以抑止的哀傷。他試著在最小的紙張上寫下可能擠進去最多的思想與字，他將手稿委託給朋友，或者藏在某處，像等著未來某人或某個時代將這幅心靈拼圖完成。

「街巷名稱對迷失者來說聽上去必須像林中乾枯嫩枝發出的響聲那樣清脆，而城市深處的小巷必須像峽谷那樣清楚地映現每天的時辰。」《柏林童年》就像是班雅明捕捉自己的記憶與思想蝴蝶，所建立的三十個標本，那裡清楚又幽微地展示著他的想要展示的「純粹意義」。只是這本書的稿件與其中的標識，又陰錯陽差地遲了三十幾年才被看到某個角度的全貌。

班雅明在《說故事的人》中說：「我們是不是可以說，所有有意義的生命、作品、行動，從來只是這生命、作品、行動的主人的存在中，一個最平凡的、最易消失的、最感傷和最虛弱的時刻的平靜發展呢？普魯斯特曾在一段著名的文字裡，描寫了這個專屬於他的時刻，但他寫作的方式，又使得所有的人都可以在自己的生命中找到這樣的時刻。

或說他作得雖不中亦不遠，而且我們可以把這個時刻命名爲日常的片刻。……透過回憶的光輝，他也爲他思想的蜂群建造了一個蜂巢。」

而今蜂巢就在這裡。我們唯有透過蜂巢的存在，才有機會遭遇到這個班雅明思維與生命的靈光，那已然消逝的憂鬱，和隱匿的孤獨、洞見與絕望。

（作者爲國立東華大學華文系教授）

推薦序 一個都市人的童年

胡晴舫

「我努力想捕捉大城市的生活經驗在一個市民階級孩子心中留下的畫面。」

（《柏林童年．序言》）

「回憶，即使是最廣泛的回憶，也不總能累積成自傳。即便是與我特別有關的柏林歲月，回憶也肯定不能累積成自傳。因爲自傳跟時間有關，有先後順序，乃生活連續流動的過程。我在這裡談的是空間、瞬間和非連續性。」

（《柏林紀事》）

班雅明自認，假使他的德文比同輩大多數作家寫得都好的話，那是因爲他長期嚴格遵循一個小小的原則，除了書信以外，永遠不用「我」這個字。對他來說，「我」不能隨便廉價出售。

《柏林童年》是他第一部正式而明白使用了第一人稱的作品。一向藏身在城市陰影之下猶疑蹉跎、徘徊不定的羞澀文人，頭一次公開現身，親自當嚮導，帶領讀者走進了他童年時代的城市地形圖。

一九四〇年跨越法國與西班牙邊境的前夕，四十六歲的班雅明服用過量嗎啡自殺，死時沒沒無名，是一名遭德國納粹逼得走投無路的歐洲猶太人，沒能功成名就的知識分子，終其一生都活得像個徹底無用的失敗者，僅在歷史投下一枚淡薄影子，本在物換星移之後，就該消失無痕。然而，世代一輪輪出生，班雅明的影子不但沒有縮小變淡，反而愈來愈放大，臉孔愈來愈清晰，隨時都會像正面迎來的路人，與我們在街頭錯身而過。我們深深為他的抒情氣質著迷，一接近他的文字便不由自主跌進去，無法解釋為何他有此魔力隔代召喚著我們。

漢娜．鄂蘭在《黑暗時代群像》書中用她極其冷銳聰明的筆，花了一整章向讀者介紹班雅明這名「最後的歐洲人」。為了說明他是誰，她先解釋他不是誰，宣稱若要按照一般的參考架構來形容班雅明的作品和他這個作家，「就得用上一堆否定的陳述」。他學問淵博，研究神學卻不喜歡聖經，研讀馬克思思想卻政治信仰不堅定，翻譯波特萊爾、普魯斯特，寫書評、文化理論，作城市研究，以詩化語言寫哲學，用哲思搞文學，但他「不是學者」，而且年輕時代很早便在不自知情況下得罪了學術界，不是翻譯家，不是語文專家，「不是歷史家，也不是文學家或其他什麼家」，「既不是詩人也不是哲學家」，雖然他「是個天生的作家，但他最大的野心卻是寫一本完全用引文寫成的書」。

對文人來說，身後名是最最難以企望的一種名氣。倒楣了一輩子的班雅明在這件事上卻交了極大好運，死後才以幾近出土的姿態，搖身變為文化巨星，他幾本生前無人理睬的作品《德國悲劇的起源》、《單行道》、《發達資本主義時代的抒情詩人》、《機械複製時代的藝術作品》等，乃至於他未眞正完成的巴黎拱廊計畫，而今，幾乎每顆自認敏感的現代心靈都會爭相閱讀，並為他贏來「二十世紀最偉大的文學心靈之一」的舉世讚譽。

漢娜．鄂蘭以為，「人之死後才得大名，似乎來自無法歸類的宿命，他們的作品既非現存等級可以安排，也沒有因為另闢蹊徑而讓自己變成未來的類型」。然而，隨著時代推移，班雅明愈來愈向後代讀者靠近的原因恐怕正來自他當時的「無法歸類」。

從這本作者甘願奉獻的生理密碼書《柏林童年》，登錄了他最初的城市記憶，解釋班雅明如何養成他走走停停的漫步風格，怎麼琢磨他觀看世界的特殊視角，也說明了班雅明當時無法歸類的社會原因，除了他個人獨特的憂鬱氣質，多少跟十九世紀以下整個歐洲城市文明發展有關。

如果二十一世紀的讀者認爲自己活在一個萬象瞬變的年代，資訊爆炸，生活失控，十九世紀歐洲都市人的日常生活也相同籠罩在某種揮之不去的輕微瘋狂感，每晚上床前，舊世界便跟著瓦解，每早起床時，就得重新建構對新世界的知識。十八世紀時，他們還有國王皇后，剛剛有了股市和鐵路，大部分人仍居住鄉間，工作與居家如果不是同一地點，相隔也不會超過一百碼。到了十九世紀，經過了多次革命的痛苦、奧斯曼男爵的都市改革計畫、都市資產階級興起，巴黎率先變身爲一座所謂的現代之都，有著資本發達、商品文化旺盛、機械文明先進等人們如今熟悉、依賴同時也痛恨的當代都會特徵。

十九世紀巴黎詩人波特萊爾所認識的地平線已不是遼闊原野與蔚藍天空接壤之處，僅是一條街的盡頭。無處不在的商業廣告嚴重干擾詩人寫詩的節奏。到了一九〇〇年，巴黎第一條地鐵線啓用，公寓裝上了沖水馬桶，天空有了飛行的機器，足不出戶的普魯斯特開始試用電話歌劇的服務。如英國作家葛蘭姆・羅布在他的《巴黎人》書中所提的都會細節，等普魯斯特八年後開始寫那本無法讓人在「一站和另一站之間」輕鬆閱讀的巴黎小說時，巴黎地鐵已長達六十公里，並停靠九十六站，活在現代城市卻啓動記憶迴路去喚醒所有昔日鬼魂的普魯斯特不曾進過地鐵站，一輩子沒寫過名詞「地鐵」，還時常拼錯「電梯」這個單字。然而，法國畫家亨利・盧梭畢竟開始認眞畫起艾菲爾鐵塔，並在一幅鄉村風景畫的燦爛晚霞天空，添上了氣球飛行船和雙翼飛機。

年輕的班雅明到了巴黎，立即對巴黎著了迷，從此這座城市對他的寫作便起了關鍵性的影響。

班雅明藉由十九世紀巴黎詩人波特萊爾所創造的城市「漫遊者」形象，其實是某種遊手好閒的紈袴子弟。生活不愁，心無大志，鎮日無所事事，不受世俗約束，流連酒館、咖啡店、戲院，買書讀報，抽菸飲酒喝咖啡，跟朋友漫長爭辯巴黎公社失敗的原因，討論浪漫詩派的美學，爲似有若無的戀情牽腸掛肚，更多時候，只是漫無目的閒逛，把街道當做自家客廳，由十字路口鑽進小巷又從窄弄混入大街，腳步散漫，呼吸勻緩，觀察前方路人的穿著打扮，躑躅商店櫥窗前，評估那些商品的意義，猜測每扇公寓門窗背後的故事，自命爲城市的「拾荒者」（波特萊爾的意象），悠悠晃晃，從街的這頭蹓躂到那頭，東瞧西望，在城市的精神廢墟上撿拾思想的靈光碎片。

漫遊者爲都市文明的特產，也是自十九世紀巴黎這個第一座現代城市誕生之後才由新型態都市孵化的新人類。他們所盤據使用的城市環境前所未有，生活經驗前無古人，因此他們的思維美學與生命態度自然在當時顯得難以歸類。不僅班雅明本人，與他相近時代的歐洲作家，如捷克的卡夫卡、葡萄牙的貝索亞、法國的普魯斯特，甚至遠在日本的夏目漱石，皆瀰漫著類似的書寫氣質，擁有一顆敏銳易感的心靈，與高度清明的微悟力，出生在光輝的十九世紀之末，目睹一次大戰摧毀他們所鍾愛的文明，都在活的時候無可奈何地與自身時代疏離，自覺（也多少有點自願）在現實生活裡毫無用途，完全缺乏恰當的社會功能。

這些世紀之交的作者皆有向未來呼應的現代抒情風格，城市性格強烈，卡夫卡有他的布拉格和維也納，貝索亞有他的里斯本，普魯斯特有他的巴黎，夏目漱石有他的東京，而班雅明有他的柏林和巴黎。城市是他們的故鄉，也是他們的異鄉，是他們人生挫敗的源由，也是他們日夜尋覓靈性詩意的所在。他們的生命情感以及全部的文明想像力，均寄託於他們生活其中並始終以灼熱雙眼直視不放的城市。

這些城市與人生的雙重漫遊者，終生皆不得其所，活得無家無國無工作，政治上或社會上或文化上都保持游離狀態，包括對自己的城市背景。他們出生中上階層，有機運受到最良好的教育，培養出最高雅的藝術品味，能在最不起眼的日常細節找出最極致的纖細美感。他們愛城市，愛她的輝煌美麗，愛她的花樣活力，卻選擇坐在街邊咖啡館，悠閒看著整座城市宛如地鐵列車，資本當做燃料，天天在他們面前滾著車輪轟然通過，而從未打算登上那輛往未來飛奔不回頭的列車。然而，他們出身的資產階級其實最不容許他們當一名都市遊民，對布爾喬亞家庭來說，無錢並不代表窮困，生活技能的無用才是真正的貧窮。卡夫卡於是去布拉格勞工保險局找份了律師工作，貝索亞透過一個會計師角色表達內在思想，夏目漱石勉強教了幾年書之後，創造出少爺這類「高等遊民」角色，資歷最淺的新生代漫遊者班雅明完全認同前輩漫遊者波特萊爾的觀點，「做個有用之人還眞是令人倒胃口的事」。

班雅明沒有正式職業，卻有個身分叫「城市浪蕩者」。城市浪蕩者在當時之所以難以歸類，便因爲十九世紀之前這種身分還不存在，因爲擁有足夠財富和適當社會環境以孕養如此人物的城市尙未成形。當封建貴族制度崩解，資本改變了城市的樣貌，中產階級不斷累積財富，物質更新變成城市的主要欲望以及動力，就像城市夜晚有了街燈，人們的日常行爲與生活習慣隨之改變，影響了他們對生命的感受力，城市漫遊者這類文化階層才跟著誕生。

而班雅明出生並成長的柏林，在一九〇〇年前後也經歷了一些城市重建，人口超過兩百萬，爲全歐居住密度最高的城市，有著巨大的勝利紀念碑，複雜的下水道，熱鬧沸騰的農貿市場，可供遊玩的動物園，讓人不分四季都能從事運動的新式室內體育館，還有西洋景、煤氣街燈、游泳池，以及班雅明宣稱與他「同日同時生的孿生兄弟」的電話機。

班雅明成長的柏林上西區，是城市資產階級群住之處，也是俗稱「褲襠街」的繁榮商業區。因此，當他在巴黎，感受到那座城市無所不在的浪遊者氛圍，想必敏銳認知了自己在世上的身分定位，與他這種「城市新人類」的時代意義。

因爲去了巴黎，泡咖啡館成爲一種「日常需要」之後，通過巴黎，他這才又回頭關注他童年曾經居住過的那座城市，領悟到柏林作爲一座城市，其實也「不能避免一場爲更佳秩序而進行的鬥爭」。

表面上，《柏林童年》是班雅明爲自己寫的小自傳，他終於以「我」入文，然而他終究要說的是城市，仍不是自己。這本薄書，其實是一本都市人童年的正式傳記。

若是他眞要敘說自己的童年，他就會像普魯斯特一樣開始回憶那些曾經圍繞身旁的長輩親戚與幼時玩伴，順序描述往昔發生的事件，與人物之間的感情糾葛。這本書卻一如他往常的哲思抒情風格，沒有眞正的故事線，只有一連串零碎畫面和都市場景，任其凌亂雜放，不企圖建立系統，重視物件的質感，如同他作爲收藏者的行徑。他收了點柏林回憶，在你面前攤開，有時是一把咖啡壺，有時是一本兒童讀物，有時是兩張明信片。而他也不解說他私人爲何收藏這些紀念品的來龍去脈，只是以清晰的語言告訴你這些童年畫面背負特殊的命運，將如「數百年來回憶鄉村童年時對田園情感的傾訴那樣」，變成「未來的社會經驗」。

當他說起他的外祖母，他並不是告訴讀者他外祖母笑容慈祥，滿頭銀白捲髮，總在冬天黃昏煮熱巧克力給他喝，而巧克力如何香氣四溢，杯頂漂浮著一團雪白鮮奶油，諸如此類私人生活細節，而是藉由描述這座花園街12號的外祖母公寓，表達「從這套公寓裡蘊發出來的那種幾乎已無法追憶的市民階層的踏實感」。由於外祖母並沒有死在花園街，跟祖母同樣在其他地方去世，因此，「這條街對我來說成了仙境，成了雖已遠去，但卻永生不死的祖母們幽居其間的陰界」。

他談起游泳池的氣味，說到讓他「預感了自己命定立身之所在」的市立閱覽室，提到彎街那間販賣風化書的文具店，小小班雅明當時已學會長時間駐足櫥窗前，假裝欣賞櫥窗陳設的商品，實則爲了「製造不在場證明」，所以能趁人不注意之際「猛然」將目光拋往他眞正想看的東西，儼然就是一名訓練中的「漫遊者」學徒。

長期以來，因爲班雅明著名的「現代新天使」意象，許多評者認定班雅明強烈反對城市的進步。然而，從這本《柏林童年》能夠看出他未必全然反對進步，只是作爲一個都市的孩子，他無可避免感悟進步其實是一種死亡的過程。在城裡，任何形式的新生都必然建於某種毀滅之上。新開了一間咖啡館，意味著一家舊米店的歇業；一條林蔭大道開通了，代表舊胡同的摧毀；路上開始人手一支手機，投幣式公用電話便悄悄從街頭一台台消失。

昨日未現，今日已現；今日所見，明日不見。大城市的生生死死速度雖快，人們遺忘的速度更快。我們對城市新事物的消長司空見慣，以至於所有未來都像已經屬於遙遠過去的一部分。

當他仍是嬌嫩躺在母親懷中的新生嬰兒時，班雅明已經從射入庭院迴廊的陽光感覺到「時間的蒼老」。「我在陽台上遇見的那個上午總是已經上午得太久，以致於它比在其他任何地方都顯得更是它自己。我從未能夠在這裡等候它的到來，總是它早已在那裡等著我。每當我終於在陽台上尋見它時，它在那裡已經很久了，而且似乎已經『過時』了。」

因爲那些迴廊不能住人，而使得柏林的「城市精神」無法侵入，以至於那些稍縱即逝的城市事物都無法留駐，這令成年的班雅明感到安心，卻讓年幼的班雅明領悟到那些充滿晨光的迴廊，其實是一處「早就爲他準備好的墓穴」。

孩童的班雅明去看即將遭電影取代的西洋景，一方面觀賞得津津有味，一方面感覺畫面中「葡萄園裡的每一片藤葉都浸透了離別的感傷」，隨著無法逆轉的物質進步，西洋景到了「二十世紀就消聲匿跡了，就其鍾愛者而言，它最後的觀眾群在孩子裡」。

他最愛動物園裡的水獺棲居地，因爲「早在這個角落荒涼得比古羅馬浴場更古老之前，它曾有昭示即將來臨事物的效力。那是一個先知的角落。就像據說有植物可以使人具備預見未來的能力一樣，有些地方也同樣具有類似的神奇效力。那往往是些僻靜冷清的地方，還有牆邊的樹梢、死胡同或人跡罕至的花園也具有這樣的功能」。

「在這些地方，一切原本即將來臨的事物彷彿都已成了過去。」

這就是新天使班雅明。城市閃耀著物質光彩，誇耀財富文明，別人從過去看見未來，他卻從未來看見過去。班雅明的先知本領乃是一種逆轉的預感能力。當別人慶祝新事物的誕生，他已經預知駝背小人將「到處跑在我面前，搶先堵住我的道路」，不時讓他「重新憶起那些幾乎遭我遺忘，然而曾經屬於我的東西」。

城市前進之快，幾近邪惡無情。夏目漱石的小說《之後》主角代助就是一個高等遊民，小說最後一幕寫到代助在飯田橋搭上電車，以旁人聽得見的聲量自言自語：「在動，世界在動。」他的頭隨即以電車的速度旋轉起來，感到火般炙熱，最後他覺得世界一片火紅。他下定決心「搭乘電車直到自己的頭燒光爲止」。

長大成人的班雅明離開柏林，去了巴黎，正式當起漫遊者，變成收藏癖先生，專收舊書，隨身揣個本子，上面記滿他四處搜刮而來的引句，成爲一個名副其實的城市拾荒者，把別人淘汰不用的城市意象當做自己的童年記憶收藏起來。他以他緩慢穩重的腳步靜靜漫行於這條叫做「進步」的單向街，並且不改他小時候尾隨母親散步柏林的習慣，總是有意無意落後一兩步，好把這座城市瞧個清楚。

第一稿（基森版）

哦，那烤得焦黃的勝利紀念碑[1]，
裹著童年日子裡冬日的糖蜜！

※全書註釋係為譯者註。

1 勝利紀念碑：一八三七年為紀念普魯士在統一戰爭中對丹麥、奧地利和法國的勝利而建造於當時國會大廈前廣場上的一座六十七米高的碑柱。一九三八年，希特勒將其移到了布蘭登堡門西面的「六月十七日大街」上，使之成為納粹沿該大街行進的中心點。如今，該紀念碑成了柏林市中心的標誌性建築。

姆姆類仁

在一首古老的兒歌裡曾出現類仁姑母（Muhme Rehlen）這個詞，由於我當時不知道姆姆（Muhme）是什麼意思，所以這個人物對我來說便幻化爲一位精靈：姆姆類仁（Mummerehlen）。這樣的誤解使我的世界秩序錯置顛倒，然而，方式是好的，它指出通往世界內部的道路。任何刺激都歡迎。偶然地，有一次我在場時聽到人們談論銅版畫（Kupferstich）。第二天我便躲到凳子底下把頭伸出來，以爲那便是一幅銅版畫（Kopf-ver-stich）。[1]如果說我在此將自己和這個詞的意思扭曲，那麼，我只是做了必須做的事，以使自己能在生活中立足。我及時學會把自己裹入（mummen）[2]那些其實是雲朵的辭彙之中。這種發現相似之處的天賦其實不外乎是過去所受到之壓力的微弱殘餘：變得相像，並控制自己的行爲。這種壓力由語彙向我施加，那些語彙不是把我變成有教養的典範，而是使我與居所、家具和服裝相像，唯獨從不與我自己相像，因

1 德語中「銅版畫」（Kupferstich）一詞的發音類似於「藏起來的頭」（Kopf-ver-stich）。

2 德語動詞「裹入」（mummen）恰好與名詞「姑母」（Muhme）發音相同。

此，當有人要求我展現相似自己的形態時，我便不知所措。有一次在攝影師那裡。不論我的目光看到哪裡，都看到自己被亞麻布景、座墊、燈座變了形狀，這些東西渴望我的形象就像陰間的影子急於得到獻祭動物的血一樣。最終，人們給了我一張上面簡單畫著阿爾卑斯山的圖片，而我必須舉著羚羊鬍小帽的右手則遮住雲朵上方以及背景幕上遠處的雪峰。然而，較之於室內棕櫚樹陰影中那沉浸在自我裡的小孩臉上的目光，這個阿爾卑斯山小孩嘴腳辛苦擠出的微笑還沒有那麼鬱鬱不振。有著棕櫚樹的攝影師工作室由於裡面有小板凳和三腳架、織花壁毯和畫架而有些密室和刑訊室的味道。我站在那裡，沒有戴帽子。我的左手以熟練的優雅動作托著一頂巨大的墨西哥寬邊草帽，右手拿著一根枴杖，枴杖向後傾斜的球形把手是照片的前景，前景後端是一束在花園工作檯上被安上去的鴕鳥毛。在邊上，門簾旁邊，媽媽僵直的站著，身著束腰緊身服。像一個人型模特兒一樣她看著我的天鵝絨西裝外套，外套上綴滿飾帶，好像是從時裝雜誌上模仿來的。而我本人卻由於要和四周一切相應而變了樣。我就像一個軟體動物棲身於十九世紀的一個貝殼中，而十九世紀現在就像我眼前一只空空的貝

華特（左）和喬治・班雅明，背景是沙布豪城的近郊風景
（今為波蘭斯卡拉斯卡波連巴），約1902年。

殼。我把它放在耳邊，聽到了什麼？聽到的不是戰場上隆隆的砲聲，不是奧芬巴哈[3]的舞劇音樂，也不是工廠警報器或中午股市大廳裡傳出的叫喊聲，甚至也不是石子路面上的馬蹄聲，或者衛兵儀仗隊的軍號聲。不，我聽到的是煤炭從金屬桶落入鐵爐中發出的短促咚隆聲，是煤氣燈點燃時發出的悶悶轟響，是街上車輛經過時燈罩碰撞銅箍發出的叮噹聲。此外我還聽到一些其他的聲音，比如鑰匙圈的叮噹聲和前後樓梯的門鈴聲。最後，我還聽到了那首短短的兒歌。「我想跟你講講一些有關姆姆類仁的故事。」詩歌的詞句雖然走樣了，但是童年整個不同於一般秩序的世界卻在裡面擁有一席之地。當我第一次聽到這首歌時，曾在兒歌中存在的類仁姆姆，已經不知去向，而姆姆類仁的蹤跡則更難發現。偶爾我猜想她棲身在盤底的猴子圖案裡，那圖案遊弋在大麥粥或西米粥的熱氣中。我喝下那些粥只是爲了能看清她的圖像。也許她居住在姆姆湖[4]裡，那靜靜的湖水就像一件灰色的披肩非常適合她。我不知道別人講了些什麼有關她的事，或是只想對我講什麼。她是那靜啞、那鬆軟、那細碎，猶如在小雪球裡圍繞著事物的核心轉的暴風雪，有時我自己也在裡面被帶著轉呀轉。這經驗就好像

3 奧芬巴哈（Jacques Offenbach，一八一九—一八八〇）：德國歌劇音樂作曲家，後入法國籍。

4 姆姆湖（Mummelsee）：位於德國巴登—符騰堡州黑森林北部的一個小湖。

我畫水彩畫時發生的情形。在我還未將顏色塗上畫紙之前，它們已渲染我一身，將我自身裹入其內。當這些色彩濕濡地在調色板上交互滲透的時候，我小心翼翼地將它們沾到畫筆上，彷彿它們是正在散走的煙霧。尤其，我所畫的東西中，最愛的是中國瓷器。繽紛的痂節布滿那些花瓶、容器、圓盤和罐子，無疑地這些只是廉價的東方出口品，但是卻如此地吸引我，彷彿我那時已經熟悉源自中國的那個故事，多年之後，那故事再次將我引向姆姆類仁這首作品。故事講述一位老畫師向友人展示他的新作。畫上是一座花園，池塘邊樹蔭下一條狹窄的小徑通向一扇小門，是一間小屋的入口。當朋友們回頭看畫家時，他已處身畫中。他慢悠悠地沿著那條狹窄小路走向那扇門，靜靜地在門前停住腳步，轉過身微微一笑，進入門打開的縫裡消失。我描畫碗盆時，畫筆也曾突然進入到畫中。我化身瓷器，在進入瓷器的途中我與朵朵繽紛的色彩一同踏步行進。

動物花園[1]

對一座城市不熟，說明不了什麼。但在一座城市中迷失方向，就像在森林中迷失那樣，就需要學習。在此，街巷名稱對迷失者來說聽上去必須像林中乾枯嫩枝發出的響聲那樣清脆，而城市深處的小巷必須像峽谷那樣清楚地映現每天的時辰。這樣的藝術我很晚才學會，它實現了我的夢想，這個夢想最初的印跡是我塗在練習簿吸墨紙上的迷宮。不，它們不是，因爲在它們之前還有一個比它們延續更久的。這個迷宮裡的路不缺阿里阿德涅[2]，跨過本德樂橋[3]，緩緩的橋拱是我的第一座「山坡」。離「山腳」不遠的地方是我的目的地：弗里德里希．威廉國王和路易絲王后。站在圓形基座上他們聳立於花圃間，猶如被他們身前沙地上擁有魔力曲線的噴泉緊緊吸引。比起兩位統治者，我更關注他們的底座，因爲底座上發生的事離我更近，雖然我那時還不清楚這些事的來龍去脈。我早就從它那寬大、看不出有任何特殊之處

1 動物花園（Tiergarten）：位於柏林市中心一片占地二百一十二公頃的森林公園，十八、十九世紀時爲皇家狩獵森林，後來對一般市民開放。

2 阿里阿德涅（Ariadne）：希臘神話中克里特王彌諾斯的女兒，她用小線團幫助情人逃離了迷宮。

3 本德樂橋（Bendlerbrücke）：柏林動物花園附近的一座橋。

而平庸無比的前廣場上看出這個迷園肯定有一些非同尋常的東西，而且這個離那條走豪華馬車和出租馬車的林蔭大道僅幾步之遙的前廣場，正是這座花園最奇妙的部分所在。對此我很早就有預感。那個阿里阿德涅一定曾在這裡或距此不遠的地方待過，在她的附近我第一次（而且永遠不會忘記）體悟到後來才得以訴諸言語的東西：愛。可惜，在它的源頭出現的那位「小姐」[4]，她以冷冷的陰影籠罩著它。這就是這座公園，對孩子們來說沒有任何其他公園比它開放，即使它對我用一些難以理解、無從入手的東西隱去眞正的面容。池塘裡的各色金魚，兒時的我很少能夠加以辨識。「宮廷獵手大街」這樣的名字我本以爲很有意思，而結果卻讓我大失所望。多少次，我徒勞地尋找那片有一座如同七彩積木箱般有紅、白、藍色尖頂的小賣部的灌木叢。每當路易・菲迪南（Louis Ferdinand）王子雕像下的第一叢藏紅花和水仙花開放時，我對王子的愛總是隨著每個春天的到來而返回。一條小溪將我和花叢隔開，使得它們對我來說顯得如此地可望而不可及，彷彿立於一頂玻璃罩下。高貴必由美中根生而出。我終於明白，爲什麼去世前一直坐在我鄰桌的路伊絲・馮・藍島（Luise von Landau）必須住在那片

4　指班雅明兒時的一位女教師。

長著鮮花被運河流水滋潤著的小小野草地對面的綠茨福河岸[5]。後來我又發現了一些新角落；也從別人那裡懂得了不少東西。但沒有一個女孩，沒有一次經歷，也沒有一本書能夠告訴我這些新東西。所以當三十年後一位熟悉柏林、號稱「柏林老農」的朋友和我一樣長時間地遠離這座城市之後回歸故里時，在他引領下，我們沿小道穿行於這個花園，將沉默的種子撒滿小徑。他在前面走上陡峭的小路，小路愈來愈陡。這路即便還不會將我們引向「眾生之母」，但肯定會引向這座園林的「花園之母」。「老農」踏過瀝青路，腳步激起陣陣回響。我們走過的石子路上煤氣路燈照射的燈光顯得暗黑而迷迷濛濛。公園別墅那窄小的階梯、柱式前廳、雕飾花紋以及柱頂過梁——首次被我們逐一按照專業術語加以辨認。尤其那樓梯間，裡面的窗玻璃還是老樣子，雖然起居室變化已經很大。我至今還記得放學後爬樓梯中途停下喘息時，填補我心跳間隙的那些詩句。它們從畫著一個女人手握花環、像西斯廷聖母一樣飄逸地從壁龕走出的窗玻璃上朦朧地沁入我的眼簾。用拇指勾著書包帶我把書包甩到肩後，邊喘氣邊念：「勞動是公民的光榮，幸福是辛苦的酬勞。」樓下的大門「唉」一聲嘆息地掩

5 綠茨福河岸（Lützowufer）：柏林市區運河邊離動物花園不遠的一處河岸。

上，彷彿鬼魂沉入墳中，歸返古堡。外面可能下著雨。一扇彩色窗櫺敞開著，那階梯隨著雨點的節拍繼續往上延伸。卡爾雅蒂德[6]和阿德蘭特、小天使塑像和果樹女神當時都曾注視著我，然而此時使我覺得最親切的是那些積滿塵埃的守門神，祂們守護著入世之門或是尋常的門庭。祂們將等待看作是自己的使命。不管等待的是一個陌生人、是眾神的重歸，還是三十年前那個背著書包從祂們腳邊溜過的小孩，都一如既往。因爲這些雕像柏林的老西區成了古代希臘[7]。從那裡來的西風迎向蘭德維爾運河[8]裡的水手，船上滿載赫斯佩里登[9]蘋果沿著運河慢慢駛來，泊在赫拉克勒斯橋[10]邊上。再一次，彷彿童年時期，多頭蛇怪和非洲猛獅（der Nemeische Löwe）安坐在圍住勝利碑紀念廣場的荒叢中。

6 卡爾雅蒂德（Karyatide）和阿德蘭特（Atlant）：西方古典建築中的神像柱，前者爲女性，後者男性。

7 十九世紀末開始，柏林城區快速向西部拓展，到了班雅明童年時代的一九〇〇年前後，原來的城西已不再是嚴格意義上的城西了。

8 蘭德維爾運河（Landwehr-kanal）：一條由東向西流經柏林動物花園南邊的運河。

9 赫斯佩里登（Hesperiden）：希臘神話中看守金蘋果園的眾女神。

10 海拉格勒斯橋即直布羅陀海峽大橋；赫拉克勒斯（Herakles, Herkules）：希臘神話中的大力神。

西洋景

西洋景中的轉動畫面尤其吸引人的是，不管你從哪個位子坐下開始看都無關緊要，因爲座位環繞著看板，所以每幅畫面都會經過每個座位。人們通過兩個洞口觀望裡面映現在遠處黯淡背景上的畫面。總會有空座。尤其在我童年的尾聲，當西洋景已經退流行時，人們已習慣在半空的房間裡跟著圖像周遊世界各地。之後音樂使人在看電影作周遊時顯得慵慵欲睡，因爲它破壞了暢想正在接近的畫面——這樣的音樂在西洋景裡沒有。我倒覺得西洋景裡的那種本來有點兒吵人的微弱聲響比所有那些故弄玄虛——用喪禮進行曲爲綠洲田園或殘垣廢墟配樂——的音樂要好。那是一種鈴聲，每當一幅畫面顫顫地跳離時，會先出現一個空格，以便給下一幅畫面留出位置，那時就會出現幾秒鐘的鈴聲。每當這樣的鈴聲響起時，巍巍山巒從上到下，都市裡那些明淨的窗櫺，遠方那如畫般的土著人，火車站那泛黃的濃煙，葡萄園裡

斐特列大街與貝倫街十字路口，珍奇陳列館街道，約1900年。

的每一片藤葉都深深地浸透了充滿感傷的離別情調。我再一次確信（因爲前面每次看那第一幅畫時幾乎都這樣），就憑這一輪觀望無法盡覽那些美景名勝。於是我決定第二天再來——可是從沒有付諸行動。就在我還猶猶豫豫時，隔開我與整個建築的木匣活門晃動了起來，小框框裡的畫片隨即晃晃悠悠地向左側消失不見了。這些經久盛行的藝術隨著十九世紀興起。不會再早，但正是畢德麥雅風格[1]流行的時期。一八二二年，達蓋爾[2]在巴黎推出了他的全景畫觀賞棚。自那以來，這種發出清晰亮光的棚子，將遠方與過去集於一身的透明觀賞箱就出現在繁華街市和林蔭道上。這些地方早在有觀賞箱之前就和人行道與書報亭一般，都是擺紳士派頭和藝術家樂於逗留的地方，觀賞箱裡就成了小孩與地球做朋友的地方。地球帶著最美妙、畫面最多姿的經緯線橫穿而過。在我頭一次踏進那觀景棚時，細緻景觀的時代早已過去，但最後一批觀眾是小孩，它的魔力絲毫未減。當我有天下午面對那座一眼就望穿的叫做埃克斯[3]的小城時，魔力說服我，令我相信，與我的生活沒有交錯的一段時光中，我在那透過梧桐樹葉照在米拉波廣場上的棕綠色光線下遊戲過。因爲旅行非同尋常的地方在於，所邂

1 畢德麥雅風格（Bieder-meier）：一八一五－一八四八年間盛行於德國的一種藝術潮流。

2 達蓋爾（Louis Daguerre，一七八七－一八五一）：法國畫家，攝影發明者之一。

3 埃克斯（Aix）：位於法國南部的一座小城。

遇的遙遠世界並不一定是陌生的，並且它在我心中引發的渴望不一定總是進入陌生之地，更多時候是那種默默地要回家的願望。這也許是柔和地灑向四處的煤氣燈光線引發的效果。要是下雨，我便沒必要在有兩行字，以五十爲一輪及時標出正在放映的五十幅圖片的那塊告示牌前停留。——我走進放映棚，發現北歐峽灣和椰子樹下的那種光線和晚上我做家庭作業時照亮桌面的燈光是一模一樣的。只要燈源系統突然故障，便會出現那種罕見的微光，微光裡風景中的色彩完全消失。這時它便寂靜地躺臥於灰色地平線上。即便此時，我只要稍加留意，似乎還是可以聽到其中的風聲和鐘鳴。

勝利紀念碑

它矗立在寬闊的廣場上，就像月曆上被描紅的日期。慶祝完最後一個色當紀念日[1]，人們就應該把它撕下。小時候，一年中要是沒有色當紀念日是無法想像的。在色當戰役結束後就只剩下每年的閱兵式了。因此當一九〇二年「克呂格爾大叔」[2]在波耳戰爭[3]失敗後，坐著車行進在陶恩特欽恩大街[4]時，前去瞻仰的人群裡也有我和我的家庭女教師，這位頭戴大禮帽、靠在軟墊上，曾「指揮了一場戰爭」的先生。對這樣的人無法不欽佩。大家都這麼說。但我當時覺得這樣的事雖然很榮耀，但並不是完滿無缺的；如果這個人「指揮了」一頭犀牛或是一頭單峰駱駝而赫赫有名，那又會是怎樣？再說色當戰役之後還能有什麼偉業出現呢？隨著法國人戰敗，世界歷史像是沉入了它輝煌的墓穴中，這所有的勝利大街[5]在此交會的勝利紀念碑就成了豎立其上的墓碑。我小學三年級的時候曾登上那寬寬的、通向紀念碑上那些大理

1 色當紀念日（Sedan）：普魯士軍隊於一八七〇年九月一日在色當戰役戰勝法國的日子，在第一次世界大戰期間，該紀念日被廢除。

2 克呂格爾大叔（Paulus Kruger，Ohm Krüger，一八二五－一九〇四）：南非政治家，一九〇二年領導了波耳人（南非的荷蘭後裔）抵抗英國人。

3 波耳戰爭係克呂格爾領導的那場波耳人對英國人的戰爭。

4 陶恩特欽恩大街（Tauentzienstraße）：位於柏林市中心的一條主要街道。

5 勝利大街（Siegesallee）：勝利紀念碑周圍伸展開的道路。

石雕成的君主們的台階，上階梯時不免灰暗的想到，日後將登上的通往豪門的階梯。接著，我轉向左右兩邊爲紀念碑背面主角的那兩位臣屬，部分是因爲這兩個隨從雕像所處的位置比其主治者低一些，因此可以很方便地讓人盡收眼底；部分是因爲我很清楚地知道我父母離當下統治者並不比兩個隨從離他們的主人遠。然而，他們之中我最喜歡的一位是以特有的方式塡平了小學生與國家政要之間那難以丈量之溝壑的人物。那是位用手托著由他掌管之大教堂的主教。他手中的大教堂是如此的矮小，因此我也能用石製積木搭出這樣的大教堂。從此以後，我每次看到聖女卡特琳娜[6]的雕像時，沒有一次不去看一下她的輪子；看到聖女芭芭拉[7]時，沒有一次不去注意一下她的塔樓。人們沒有錯過向我解釋勝利紀念碑上雕飾物的由來。但我卻沒有完全弄懂那些做爲飾物的砲筒究竟意味著什麼：是法國人當初推著用金子做的大砲進入了戰場？還是我們用從他們那裡拿來的金子做成這些大砲的？同樣的情形也出現在我那本精心製作的畫冊裡，那本有關這場戰爭編年的繪圖本，因爲一直沒有被完成，所以我長時間難以放下。我對這些戰爭很感興趣，因此對戰爭的策略也非常了解。儘管如此，我

6 聖女卡特琳娜（Heilige Katharina）：三〇七或三一一年被羅馬皇帝以輪刑處死，施刑時輪子卻自行崩裂，自此輪子成了這位聖女的象徵。

7 聖女芭芭拉（Heilige Barbara）：三〇六年被以從塔樓扔下的方式處死，由此塔樓就與她的名字連在一起。

還是對封面嵌金的畫冊失去了興致。然而，更讓我反感的是勝利紀念碑底部迴廊中，濕壁畫上的金色所泛出的微光。我從未踏進過這個被牆上反射出的微光充溢著的迴廊。我擔心在那裡看到多雷[8]為但丁《地獄》所作的銅版畫中我害怕看到的場景。我感到輝煌業績在迴廊裡閃爍的英雄們和在寂靜中猶如被颶風抽打、被樹樁碾得血肉淋漓、被大塊冰山凍住、在昏暗的坑道裡受罰的那幫人是一樣的。因此這個迴廊其實就是地獄，是對紀念碑頂上光彩奪目的勝利女神周圍受到恩寵的那群人的反襯。有時候迴廊上會站立著一些參觀者。在天空的襯托下，我覺得他們就像我貼畫本裡描上黑框的人物。在描完這樣的黑框之後，我不是拿著剪刀和膠水將那些小人偶貼到大門上、花束中和梁柱間或者任何吸引我的地方嗎？迴廊上那些站在光線裡的人就是這種興之所至的產物。永恆的星期天圍繞著他們。或者這是一個永遠不會過去的色當紀念日？

8 多雷（Gustave Doré，一八三二－一八八三）：法國畫家，由於為《聖經》以及其他文學作品作插圖而聞名。

電話機

不知是由於電話機的構造，還是由於記憶的緣故——可以肯定的是，在記憶中的餘音裡，最初幾通電話裡的聲音聽起來和今天的就是不一樣。那是一種夜晚的聲響，沒有繆斯爲它報信。發出這種聲音的夜就是萬物誕生之前的那個夜。蘊藏在電話機裡的聲音是一個新生兒。電話機是與我同日同時生的孿生兄弟。我親身經歷了它在其輝煌發展的最初幾年是如何熬過怠慢的。後來，當水晶吊燈、壁爐屏風、棕櫚盆栽、靠牆長桌、圓形茶几和凸肚窗護欄這類曾在客廳裡稱雄的東西早已毀朽和銷聲匿跡後，電話機猶如傳說中才有的英雄，本被流放山谷，冷落在陰暗的過道，現在帝王般地遷入年輕一代人居住的光線充足而明亮的房間。電話機成爲年輕人寂寞中的安慰。不再有希望、想要告別這個惡劣世界的人，電話帶給他們最後一絲希望的光芒。被離棄的人與它分享床褥。它也正想將當初遭放逐時被認爲刺耳的聲音變溫馨，這之所以可能，是因爲大家眷戀著它或像有罪之人那樣戰戰兢兢地期待著它的鈴聲響起。如今許多使用電話機的人並不知道它剛出現時曾在家庭內部造成了多大的災難。兩點至四點間，當又有同學想與我談話時，那電話鈴一響，簡直就像是警報聲，它不單單騷擾了我父母的午休，而且還使他們所屬的那個歷史時代受到了侵襲。對此，父親與有關管理機構看法不一的情況常常發生，更何況是對投訴機構破口大罵大發脾氣。而最令父親達到發洩高潮的，是那個被他搖動幾分鐘之久，令他忘乎所以的電話機手柄。這時候他的手就像一個處於迷狂狀態的穆斯林那樣無法控制。我心驚肉跳，我肯定，此時電話機那頭粗枝大葉的女話務員會受到被手柄搖出的電流擊倒的懲罰。那個時候電話機受壓抑和排斥地被掛在過道深處不起眼的角落裡，一邊是擺放髒衣服的箱子，一邊是煤氣表。從那裡響起的電話鈴聲將柏林市公寓內本來該受到的驚嚇放大了好幾倍。每當我好不容易說服自己，爲結束那急促難忍的鈴聲而摸索著穿過暗黑的過道，軟弱無力地拿下那兩個像啞鈴那麼重的聽筒，將頭埋進去時，我便毫無選擇地只能聽任話筒裡那個聲音的擺布了。沒有任何東西可以削減話筒裡這個聲音對我的暴力侵犯。我無能地痛苦著，任它摧毀我所知覺的時間、計畫以及義務。就像對由彼岸傳來被附體的聲音俯首聽命，我也完全聽從了電話機那頭向我發出的第一個最佳建議。

捉蝴蝶

我還沒上小學的時候，我們每年都會去郊外的夏季別墅住上一段時間，如果和偶爾的夏季出遊不衝突的話。以後很長一段時間裡，我少年臥室牆上那個存放還是新手時蒐集的、空間寬大的蝴蝶標本框還讓我想起那些別墅。那些標本中最早的幾隻是我在釀酒山莊的花園裡採集的。邊部已經碰壞的甘藍菜白粉蝶和翅膀有點亮過頭的黃翅蝶，讓我回到了那令人興奮不已的捕獵日子。那時候爲了捕獵飛舞的蝴蝶，我經常不知不覺地從整齊的花園小徑誤入荒野，迷醉在鼓勵蝴蝶飛舞的清風與花香、樹葉與陽光中。蝴蝶撲簌撲簌地飛向一枝花朵，停在上面。我舉起捕蝶網，只等花朵的魅力對蝴蝶雙翅發揮殆盡，那柔嫩的小身軀卻輕輕拍動翅膀從側面溜走，同樣無動於衷地遮蔽在另一枝花朵的上面，然後又像剛才一樣，不碰一碰那朵花就突然飛去。每當這些我本來可以輕易抓到的紅蛺蝶或紅節天蛾用猶豫不定、拿不定主意和稍許逗留來捉弄我時，我眞想讓自己隱身於光和空氣中，以便能不被察覺地靠近那獵物，將牠擒獲。後來，我的這個願望是這樣付諸實現的：我讓自己隨著我所迷戀的那對翅膀的每次舞動或搖擺而起伏。那個古老的獵人格言開始在我們之間起作用：我愈是將自己每一根肌肉纖維調動起來去貼近那小動物，愈是在內心將自己幻化爲一隻蝴蝶，那蝴蝶的一起一落就愈近似人類的一舉一動，到最後，彷彿唯有擒獲這隻蝴蝶，我才得以返歸人形。終於抓住了蝴蝶以後，要從興奮的捕獵之地回到看到乙醚、藥棉、彩色大頭針和鑷子裝在採集標本工具箱的大本營，是一條很艱難的路，而我身後的那個獵場是多麼地狼藉不堪！草被踩平，花被踐踏，獵人自己也將身體連同捕蝶網一起拋在身後。面對如此的破壞、野蠻和粗暴，受驚的蝴蝶顫抖著，卻依然優雅地躲在網中一個褶裡。在這艱難的路上，那些死去生物的靈魂進入了獵人意識之中。蝴蝶與花在他眼前交流所使用的那個陌生語言，他領悟了一些。他的殺生欲望減退，而他的信念則相對地擴充。那隻蝴蝶當時飛舞其中的空氣今天全被一個幾十年來再沒有聽誰提起過，我自己也從未說出的詞浸透。它保留了一些深沉的東西，正是這個深沉讓孩提時代的一些名字在成年時仍保留了味道。對這些名字長時間的沉默使它們變得神聖了。因此，這個名字巍巍顫顫地穿透滿是蝴蝶的空氣飄忽著：布勞豪斯山（Brauhausberg）。位於波茨坦邊上的釀酒山山上有我家的夏季別墅。但這個名字已失去它原有的一切吸引力，當年山上的釀酒場今天已徹底沒了蹤影，如今，它頂多是一座被藍天[1]籠罩的山丘，每到夏天才聳立起來，便於我和父母居住。因此，我童年時代的波茨坦空氣是如此地藍，好像飛舞其中的悲衣蝶、紅蛺蝶、孔雀蛺蝶和粉蝶被散布在一只利摩吉城[2]的景泰藍碟上，在碟子上深藍底色的耶路撒冷平屋頂和城牆映襯而出。

1 德語中「釀酒」（Bräu）與「藍色」（Blau）發音相近。

2 利摩吉城（Limoges）：法國中部利摩辛（Limousin）地區的中心城市，以生產瓷器和景泰藍而舉世聞名。

出遊與回歸故里

夜晚，其他人還沒有入睡時，臥室門下的光線不就是那最初的出遊信號嗎？它不就是闖入充滿憧憬的兒童夜間世界的光線嗎？就像後來舞台帷幕上的光圈闖入了公眾的夜間世界一樣？我覺得，那時將人接走的夢幻之船常常是衝破了嘈雜人言的巨浪和拍打海岸的驚濤在我們床前搖晃，並在一清早將我們放下船，那時我們是如此地心曠神怡，彷彿已乘完了本該現在才應去乘的那一程。那是在沿德維爾運河前行的嘎嘎作響的馬車裡完成的，車裡我的心情突然變得沉悶，那絕不是由於有人上來或下去，而是由於那尷尬無聊地擠坐在一起慢慢使我產生了悲哀可憐的感覺，而且這種狀況沒完沒了，不會被出遊的氣息吹跑，就像晨曦裡沒有退去的某個幽靈一般。但是，這種悲哀感並沒有延續很久，因爲在車駛過蕭塞路（Chausseestraße）之後，我很快便又想著我們的火車旅行。從那開始，科塞若（Koserow）和維甯施塔特（Wenningstedt）的沙丘就在這裡的尹法理登街（Invalidenstraße）匯在了一起，斯特蒂納火車站（Stettiner Bahnhof）的大量沙石也在這裡與其他交匯。而目的地大都是在早晨到達的，也就是所謂的「避風港」，按其字面的意思即火車的娘穴（Mutterhöhle）。在那裡火車頭到了家，而火車必須停下來。沒有任何一處比在霧氣中兩根軌道交接在一起的地方遙遠，而先前看清的近處也隨之退隱。在回憶裡，居處變了樣子。在我們剛把腳踏上要乘坐的德國鐵路局火車車廂的踏板時，隨著地毯被捲起，水晶吊燈被收進麻布袋，沙發被罩好，隨著昏暗的光線從百葉窗透進，回憶便給對生人腳步、對不自然步態的揣測提供了空間，那生人也許不久就會輕聲輕氣地掠過過道，在一小時前周密撒好的粉末上留下行竊的痕跡。因此我每次度假返回時都會覺得自己像是一個無家可歸者。但是，裡面已點著燈——而無須自己去點燃——的最後一處地窖洞穴對我來說較之於我家西面已變暗的居室卻是令人羨慕不已的。所以在我從邦辛（Bansin）或哈能克裡（Hahnenklee）返回時，那些車站庭院給我提供的庇護地是多麼的狹小和令人悲哀，當然，市政當局還是將這些庭院重又納入管轄之列，彷彿它們在後悔表示願意給人提供幫助。然而，要是火車在這些庭院前遲疑不進的話，那是因爲在我們快要開進去前有個信號出現，禁止我們駛入。火車行駛得愈慢，逃到附近我父母居室防火牆後去的希望就變得愈渺茫。等所有人下完車所需的數不盡的分分秒秒，至今依然歷歷在目。有些人也許根本不去在意這時光的點點逝去，就像不去在意庭院裡遺留在殘牆上的窗櫺以及窗後點著的燈火。

情竇初開

在一條我事後夜間常常無休止地漫遊的馬路上，我驚異地發現：在某種奇異無比的感覺裡萌發了對異性的欲望。那是在猶太人的新年，父母決定送我去參加某處的禮拜活動。那好像是一個革新教派的活動，我媽媽出於家庭傳統對這樣的教會有幾分好感。爲此大人們特地委派一位遠親送我前往。而我那天不知是忘了這位遠親的住址，還是在他家附近迷了路，天愈來愈晚，而我漫無目標的走著愈來愈絕望。直接走進猶太教堂是不行的，因爲門票在那位遠親手裡。事情之所以變得那麼糟，主要原因在於我對那位要聽命於他而又幾乎不認識的遠親有些抵觸，還有我對只會讓人不知所措的宗教儀式持有反感。正當我不知所措而沒了主意時，一股擔心的躁動湧遍全身——「太晚了，猶太教堂去不成了」——與此同時，就在這股擔心還未消失的時候，心中又升起了全然無所謂的第二股湧動——「一切由它去吧，這些都與我無關。」這兩股湧動直接匯聚在那首次感到的性欲衝動中，使得對宗教禮儀活動的玷污與馬路的撮合私通角色不可分地連在了一起。此時此境，馬路首次讓我感到它應該爲初開的情欲服務。

冬日的早晨

每個人都有一個可以實現你的願望的仙女，只是很少人還記得他曾許過的願；因此，一旦日後生活中這些願望得到實現，也很少有人會察覺到。我記得自己那個被成全了的願望，我的意思不是想說它比童話裡的孩子所許的願更聰明。冬天，清晨六點半，當燈光向我床頭移來，女傭的身影被投射到天花板上時，這個願望便出現在我心頭。壁爐裡燃起了火。那火很快地就像被擠在一個過小的匣子裡，被煤塊擠得無法動彈似地朝我這裡望來。這個就在我身邊的小匣子雖然比我矮小，但正在形成壯觀的火焰，而女傭伺候它時則必須比對我時腰彎得更低。這些事做完後，女傭就將一只蘋果放進爐膛裡烤。很快爐門柵欄的影子就被跳動的紅色火焰映射在樓板上。我的倦意覺得有這樣的畫面這一天已經別無它求了。這個時刻都是如此，唯有女傭的聲音打攪了冬日早晨讓我與臥室內物件的親近過程。百葉窗還沒有被拉起，我已經急不可耐地把爐門的插銷拉開，想看爐膛裡的那只蘋果怎樣了。有時候蘋果的香味還絲毫沒起變化。於是我就耐心地等著，直至我覺得已嗅到那來自比聖誕夜樹木的芳香更深、更隱匿的冬天角落的泡沫香氣。那只蘋果，焦黃溫暖的果肉就躺在那裡，雖然熟悉但還是變了個樣子，猶如一個長途旅行之後回到我身邊的好友。那是穿過爐火熱氣漆黑大地之旅，這爐火將我一天所能遭遇的所有香氣都浸染在這只蘋果中。因此，每當我捧著那只兩頰發亮的蘋果而手心感到暖烘烘時，總是遲疑地不願咬下去，也就不足爲奇了。我感到，蘋果的香氣裡含有著隱隱的訊息，一旦咬下去，它太容易從我的舌尖溜走了。這個訊息有時還會久久地勉勵我，甚至在去學校的路上還會給我慰藉。到了學校，似乎已經消失的疲倦在我碰到書桌時自然加倍地向我襲來，隨之而來的是這樣的願望：要好好睡個夠。我應該已千百次地許過這個願，而且這個願望後來眞的實現了。但是經過了很長時間，直到對能有個工作、有個固定收入的希望總是落空時，我才意識到這一點。

斯德格里茲爾街與根蒂納爾街交匯處的街角

那時，每個人的童年中都會出現這樣的姨媽形象，她們已經不再離開自己的房子了，每次我們和媽媽一起去看她們時，她們總是已經等候在那裡，總是戴著同一頂黑色小帽，穿同一件眞絲衣裳，總是坐在同一把靠椅上，從同一扇三角窗裡向我們示意。就像仙女無須落下就能使整座山谷映現她的身影，無須親臨戰陣就能統轄整個街區一樣。雷曼（Lehmann）姨媽就屬於這樣的人。雷曼這個本分的北德姓氏使得她可以當之無愧地一輩子固守在這座高懸於斯德格里茲爾街與根蒂納爾街交匯處的凸肚樓上。這個街角屬於幾乎沒有被三十年來城市變遷波及的那一種。只是在此期間，街角那張對於那時還是孩子的我籠罩著的面紗已經落下：那時我沒有將這條街讀作斯德格里茲爾，而是叫成「金翅雀」[1]。而雷曼姨媽不正像一隻會說話的鳥兒住在她的籠子裡嗎？每當我走進這個籠子時，裡面往往已經充滿了那隻黑色小鳥嘰嘰

1 做爲街名的「斯德格里茲爾」（Steglitzer）與德語中「金翅雀」（Stieglitz）發音相像。

喳喳的聲音，她曾經飛遍了自己家族分布在各地的所有巢穴和農莊，將農莊和家族的名稱——當時兩種名稱往往完全相同——都記在腦中。姨媽熟知遜弗利斯、拉維策爾、蘭茲貝爾格、林登海姆還有斯達加德這些家族之間的姻屬關係、居住地點以及吉凶大事。這些家族過去曾以牲口和穀物貿易為業居住在麥爾克斯和麥克倫堡地區。現在他們的兒子，或許已經是他們的孫子則定居在街道以普魯士將軍或者有時也以居民們所來自的小城命名的柏林老西區。很多年以後當我坐著快速列車從這些偏僻的小城急速穿過時，我常常從鐵路路基這邊朝那些小屋、庭院、穀倉以及山牆望去，並且問自己：我小時候去探望的那些老姨媽，她們的父母輩當年所擺脫的或許不正是這些東西的陰影嗎？那裡，一個沙啞而有點含糊不清的纖細嗓音在向我問好。然而對我來說，沒有任何問好的嗓音像雷曼姨媽的聲音那般細膩，那般沁入我心田。我還沒有跨進門檻，姨媽就開始忙忙碌碌地招呼人將一個大大的玻璃箱子放在我面前，箱子裡非常逼眞地裝著一整座礦山，裡面的小學徒、礦工和工頭推著小車、提著榔頭和礦燈完全隨著鐘擺的節奏在走動。這種玩具——如果可以這樣稱呼它的話——來自那個富裕市民家庭的孩子還會對勞動場域和機器感興趣的那個年代。在那時的所有玩具中，礦山一直是最受喜愛的，因爲在那裡不但可以找到讓人忘記挖掘辛勞的寶藏，以使所有刻苦辛勞者有所得，而且還可以引發那種與血脈相連的凝神關注，即畢德麥雅派中的讓·保羅、諾瓦利斯、蒂克和維爾納[2]對之著火入迷的那種自然激情。這種有凸肚樓的公寓就像貯存寶藏的房間那樣必須是兩進的。進了樓房大門，走道左邊裝有門鈴的便是公寓暗色的門。門在我面前打開後，是一座陡得讓人心驚膽戰的樓梯通往上面，這樣的樓梯我後來只有在農舍中見過。從上面射下的煤氣燈幽暗光線中站著一個老女傭，在她的保護下我跨過通向這個昏暗公寓走廊的第二道門檻。要是沒有這位老女傭，眞是無法想像如何在這樣的公寓裡居住。由於這樣的老女傭和主人共同擁有雖然緘默卻寶貴的回憶，所以她們互相間的領會並不僅止於語詞，她們在陌生人面前也懂得體面地代表她們的主人。在我面前尤其容易，她一般都比她的主人更清楚如何款待我。因此我一再地用敬畏乃至欽佩的眼光看著她。通常情況下，她們都比主人更結實敦厚，不僅在身體方面如此，其他方面也是這樣。有時候我覺得，那間擺著礦山玩具和

2 畢德麥雅派（Biedermeier）：盛行於一八一五－一八四八年間的藝術流派。讓．保羅（Jean Paul，原名Johann Paul Friedrich Richter，一七六三－一八二五）、諾瓦利斯（Novalis，一七七二－一八〇一）、蒂克（Ludwig Tieck，一七七三－一八五三）和維爾納（Zacharias Werner，一七六八－一八二三）均爲德國作家。

巧克力的沙龍甚至還沒有這間前廳有意思。前廳裡老女傭總是在我進門時把我的大衣如釋重負地脫下，在我走時又像爲我祝福似的把那頂帽子扣到我腦門上。

科諾赫先生與普法勒小姐

在我收藏的明信片中，有幾張寫了字的那面比圖像更深刻地攫住我的記憶。它們上面留有優美而清晰的簽名：海倫娜・普法勒（Helene Pufahl）。這是我女教師的名字。名字開頭的字母P意指義務（Pflicht）、準時（Pünktlichkeit）和成績優秀（Primus）；f是聽話（folgsam）、勤奮（fleißig）和完美無缺（fehlerfrei）的意思；至於最後那個字母l則意味著宛如羔羊般虔誠溫順（lammfromm）、值得頌揚（lobenswert）以及好學不倦（lernbegierig）。如果這個簽名如閃米特語[1]那樣完全由輔音組成的話，那麼它不僅會成爲完美書法的標誌，而且也會成爲一切美德的根源所在。普法勒小姐班上的男孩和女孩都來自柏林西區最富裕的市民階級家庭。但是對有些個例並不那麼計較，因而有一個貴族子女誤入班中。她的名字叫路伊絲・馮・藍島，這個名字不久便吸引住了我。直至今日這種魔力還依然如故，但那不是異性間的吸引力，而是因爲這

1 閃米特語（die semitische Sprache）：古代和近代閃米特人語言。古代閃米特人包括巴比倫人、亞述人、希伯來人和腓尼基人等；近代閃米特人主要指阿拉伯人和猶太人。

個名字是我聽到的同齡人中第一個落上死亡重音的名字，那是在我離開這個班之後的事。如今，每當我來到綠茨福河岸時，總禁不住用眼光去搜尋她住過的那座樓。它恰巧與河對岸的一個小花園相對，那花園一直垂向水中。隨著時間的推移，那花園深深地將自己與那個吸引我的名字編織在一起，以致我最終深信不疑地將對面這個不可企及的花壇當作那個死去小女孩的無名墳塋。取代普法勒小姐的是科諾赫先生。就特徵來看，他是我父母認爲必須及時將我培養成能在皇家軍隊服役當士官的那種人。科諾赫先生教我們寫作課，我的體操課由警官們上。我父母憑直覺相信那些在法院、稅務局、警察局執行公務的人。教師中要是有誰能與這樣的人相提並論的話，那便是科諾赫先生。他去拜訪家長時，非常拘束自己，到他熟悉的班級便原形畢露，我後來也在他的班上。那是在我們遷去薩維尼廣場前不久的事。當時，我們的校舍在帕韶街，與其說那是一座校舍不如說是一座被租用的軍營。那時在科諾赫先生執教的昏暗教室裡發生的事大都讓我反感。但有一次並不是我目睹他某次體罰學生的情景，而是一種每個人在其童年時代都會有的不起眼的片刻。一扇門扉緊閉的大門會高高矗起，他被告知，大門有一天會自行開啓，迎接他進入自由人生。當時我們有歌唱課，練習的是《瓦倫斯坦》中的《騎士之歌》：「上吧，戰友們，讓我們跨上戰馬，讓我們跨上戰馬！衝向戰場，奔向自由。戰場上，男子漢價值無量；戰場上，他們的心尚需被掂出分量。」科諾赫先生問班上的同學最後一句的含意應該是什麼。當然沒人能回答。這好像在科諾赫先生的意料中，他解釋道：「等你們長大了就會明白。」現在我已長大，而且已站在科諾赫先生那時向我們展示的那扇大門的裡面。門扉依然緊閉，我不是通過這扇門進入的。

馬格德堡廣場邊上的農貿市場

聽到Markthalle這個詞人們首先想到的並不是農貿－市場（Markt-Halle）。不，那時有人將這個詞念作「塔樂－邊區」（Mark-Thalle）。就像基於不同發音習慣這個複合詞往往被讀出不同含意而使之在任何情況下都失去其原有的意思一樣，在我穿越這個市場的習慣方式中，該市場所有通常的畫面也變得模糊不清，以致它不再具有原來買和賣的含意。在推開那扇緊緊的、稍馳即收的彈簧拉門穿過前廳之後，映入眼簾的首先是被養魚水和沖洗水弄得又濕又滑的瓷磚地面，走在上面很容易不小心一滑就踩到胡蘿蔔或萵苣葉。在編了號的鐵棚屋後面端坐著那些胖得步履艱難的售貨女人，她們是掌管可買賣物品的女祭司，兜售各種田裡長的和樹上結的果實，各種可以吃的鳥類、魚類和哺乳類動物，也是拉皮條的女人。這些被絨線裹著的大塊頭神祕莫測地在售貨棚之間相互交流著。不管是透過大鈕釦閃出的光線，透過拍打圍裙發出的聲響，還是透過伴隨著胸脯起伏的歎氣聲。她們裙沿下在翻騰、簇擁著的不正是眞正肥沃的土壤嗎？那些野果、硬殼動物、蘑菇、大塊大塊的肉和一堆堆白菜之類的商品，不正是某個市場守護神親自投入她們懷中的嗎？她們一邊不動聲色地心繫著這些被託付給她們的商品，一邊又漫不經心地或是靠在木桶上或是將鏈子鬆弛的貨秤夾在兩膝之間，默默地審視著一批批走過的家庭主婦們，這些主婦提著滿滿的網兜或口袋，艱難地指示著走在身前的小孩穿過又滑又臭的小道。可是當暮色降臨，倦意襲來的時候，她們會像耗盡體力的泳者那樣全身鬆塌下來，最終也隨著那默默的購物人流一起走向門那裡，這人流宛如魚一般瞪眼望著軟綿綿的海藻在堅硬的礁石裡面悠閒自得。

發高燒

每次一開始生病我就又學到，那倒楣的病是以多麼穩健的節奏，多麼小心翼翼而且手段高明地侵入我體內。它從不願招搖過市。開始的時候只是皮膚上起一些斑點，伴有一些噁心的感覺。疾病好像已經非常習慣等待，直到醫生爲它準備好了營寨。醫生來了，仔細看了看我，告誡大家重要的是讓我臥床休息等候病情的變化。他禁止我閱讀，而我本來就還有更重要的事要做。趁著還有時間而且腦子也還沒有混亂不清，我開始把將會發生的事在腦中過一遍。我用目光估量著床及門之間的距離，問自己，我還有多久的時間可以向門那邊的人發出呼喚。我在想像中看見了那支邊緣帶著母親請求的勺子，它先充滿關愛地接近了我的嘴唇，後來才原形畢露，把苦澀的藥水猛地倒入我的喉中。就像喝得醉醺醺的人用數數和思考問題來證實自己還算清醒一樣，我也數著陽光映照在我房間天花板上搖曳的光圈，把牆紙上的菱形圖案不斷地重新歸類成一組一組。我小時候常常生病，別人說我很有耐心可能就是從那兒來的。其實這並不是什麼美德，我只是喜歡遠遠地看著我所關注的那一切漸漸來臨，就像我在病床上慢慢等待一切的來臨一樣。因此，如果不能在火車站長時間地等待火車的到來，那麼旅行對我來說似乎也就缺少了最大的樂趣。出於同樣的原因，我也熱中於贈送禮物，因爲做爲送禮者我可以早早地就預見到對方的驚喜。是的，我內心有一種用等待來面對即將來臨事物的需要，就像病人靠著背後的枕頭來面對即將發生的事一樣。正是這種需要使得後來讓我等得沉靜和長久的那些女人對我來說，就越發顯得美麗。我的床，這個本來最孤寂和清靜的地方，現在受到了大家的重視和關注。很長一段時間裡，它不再是我夜間那些隱祕活動的場所：比如看閒書和玩蠟燭。這段時間裡，我每夜偷偷讀完後用最後一點力氣藏到枕頭底下的那本書不在那裡了，「熔岩流」和使蠟燭硬脂熔化的小火源在這幾星期中也沒有了。是的，生病也許歸根結柢只不過奪去了我那無聲而緊張的遊戲，這種遊戲對我來說無不充滿了隱祕的恐懼——預示了日後的恐懼，伴隨著同樣的遊戲，在同樣的黑夜邊緣。疾病非來不可，好讓我的良心得到潔淨。它變得如此清新，就像每晚掀開床鋪後等著我的那塊沒有一絲皺褶的床單那樣潔淨。通常都是媽媽爲我鋪床。我躺在長沙發上看著她怎樣將枕頭和被子抖了抖，想著那些先幫我洗浴，然後又將晚餐放在瓷托盤上端到我床邊的夜晚。從瓷托盤漆面下畫著野覆盆子枝葉群中鑽出一個女人，費力地迎風舉著一面大旗，上面有這樣一句銘言：「走到東，走到西，來到家裡最歡喜。」對這樣的晚餐和覆盆子枝藤的記憶由於身體不再欲想食物而令我更感愉悅。不思茶飯的身體卻特別渴望聽故事。故事中洶湧的激流席捲過整個身體，將疾病像河中的飄浮物一樣帶走。病痛宛如一座堤壩，對故事的講述只在開始時有能力抵抗。後來，故事的力量愈來愈強大，堤壩便被推倒，被沖到了遺忘的深淵中。撫摸爲這股激流開出了河道。我深愛撫摸，因爲從媽媽手中潺潺流出的，是我隨後就能聽到的故事。從這些故事中我獲得了一些對祖先的了解。人們一個勁兒地向我講述某位祖先的生平故事或一位祖父的生活條規，彷彿要由此讓我明白：放棄這個與生俱來的世家王牌而早早死去太過於倉卒。媽媽每天兩次來檢查我離死亡已經有多近。她小心翼翼地拿著體溫表走到窗前或燈下，彷彿我的生命就裝在那只小細管裡。後來我漸漸長大，對於我來說，解讀出身體中的靈魂所在並不比讀出那根我肉眼難以看清的細管中生命之線的刻度更加困難。量體溫著實要折騰一番。量完以後我最想做的事就是一人獨處，以便跟枕頭嬉戲。在還不清楚

寶琳娜·班雅明，約1896年。

什麼是山脈和丘陵的時候，我對枕頭上的峰岩已經很熟悉了。我其實與造就山脈和丘陵的力量共謀。就這樣，有時我讓峰岩下面出現一個洞穴。我爬進去，將被子蒙在頭上，把耳朵湊向黑乎乎的洞口，偶爾把幾句話語投入那片寧靜，這些話語從寧靜中返回時變成了故事。偶爾手指也加入，自行排演一場戲；或是一起組成「百貨商店」，在由兩個中指扮演的櫃檯後面，兩個小拇指向我自己扮演的顧客殷勤地點著頭。但是，我的興致愈來愈小，我也愈來愈無心監督手指的遊戲，最後，我幾乎不帶任何好奇地注視著手指的所作所爲。它們就像一群懶散而可惡的社會渣滓，在城市發生火災時趁火打劫。這幫傢伙完全不可相信。他們雖然天眞無邪地結了盟，但不能保證這兩群人不會又悄無聲息地各奔東西，如同他們悄悄地聚在一起一樣。而他們各自走的，有時是禁止通行的路，在路的盡頭，甜蜜的歇息讓人望見誘人的幻影，那幻影在火光中搖曳，火光就在閉上的眼簾後面。雖然我竭盡了努力或百般用心，還是無法使這放著我床榻的房間與外面的家庭生活完完全全銜接上。我必須等到晚上。那時候，煤油燈在門被打開之後將它的弧形光圈搖搖晃晃地掠過門檻向我移來，這時，彷彿那個攬動白晝時光的金色生命之球像進到一個偏遠的角落那樣，第一次找到了進入我這個斗室的路徑。在夜晚還沒有在我這兒使自己安歇妥當之前，對我來說新的生活已經開始了。這時候，發熱的體溫在燈光下一刻比一刻高。沒有什麼東西會比我躺著這一點更能使我從這光線中得到一個別人沒有那麼快就能得到的好處：我利用我的靜臥和床與牆之間較近的距離，用手影圖案向那道光線表示歡迎。這樣，我手指所做的那些遊戲現在更加飄忽不定、更加壯觀、更加難以接近地重現在壁紙上。我的遊戲書裡這樣寫道：「不要害怕夜間的影子，快樂的孩子利用它來做有趣的遊戲。」接著是一些配有豐富圖案的遊戲指南：教人們如何在床邊的牆上投射出北山羊、擲彈者、天鵝和兔子的影像。而我自己當然除了會做張開的狼嘴巴以外其他都不會。只是這隻狼的嘴巴如此之大又像裂縫，以至於我不得不把它當作了芬利斯狼[1]，我讓牠成爲世界的毀滅者在房間裡活動，就在這個房間裡，別人認爲兒童疾病沒有占有我的權利。有一天病退了。即將來臨的康復如同分娩一般，鬆開了之前被高燒拉緊而作痛的全身關節。傭人愈來愈經常地替代媽媽來照顧我。一天早上，虛弱的我在間斷了很長時間之後，重

1 芬利斯狼（Fenriswolf）：德國北部神話中在世界末日吞食風神、死神、戰神的狼。

新又聽到從窗外闖入的拍打地毯的聲音，這種敲擊聲對那個孩子來說比戀人的聲音對於一個男人更沁入心脾。這種拍打地毯的聲音是社會底層人，即那些眞正成年人專有的發聲，它從不會突然中止，總是專注於那件事；有時候它不慌不忙，慵懶無力地恭候任何人的吩咐；有時候它又陷入一種無法解釋的狂奔，就像人們匆忙地躲避暴雨。疾病就像悄然到來一樣又悄悄地離去了。但是，就在我快要完全忘記它的時候，它卻在我的成績簿上向我發出了最後的問候：簿子的下角標出了我缺課的小時數。可是，它們並不像我病中度過的時光那樣灰暗單調，反倒像傷殘軍人胸前佩戴的功勳帶一樣色彩斑爛地排列著。是的，成績簿上的這一排紀錄在我眼中其實是一列長長的榮譽標誌：缺課，一百七十三小時。

旋轉木馬

載著可騎乘動物的台板緊貼著地面，它恰好處在最適於激發飛行幻想的高度。音樂響起，這個孩子便驀地離開了母親滑向前方。起先他害怕離開媽媽，但過後馬上發現自己是多麼勇敢。他像威嚴的統治者那樣，安然高坐於那屬於他的世界之上。在周邊的邊線上出現了連成一線排成行的樹木和當地人。這時候，母親也出現在了這樣一個東方國家裡。接著，叢林中冒出了一個樹梢，這孩子是坐在木馬上才見到了這根樹梢，而他卻像數千年前曾見過一樣望著它。他騎乘的動物對他很忠心：他像一言不發的阿里翁[1]那樣騎在他那一聲不響的魚背上，來到了一頭木製的公牛宙斯將純潔無暇的歐羅巴拐走的地方。萬物周而復始早已成爲孩子們的智慧，而生命也早已成爲一種原始的統治狂熱，隆隆作響的配器處於這種狂熱的中心位置。隨著樂聲緩緩放慢，世界便開始結結巴巴地說出話來，樹木也開始會動腦思考問題，木馬

1 阿里翁（Arion）：生活在約西元前六百年前後的希臘詩人與歌手，他創立了對此後創建悲劇極其重要的熱情狂放的酒神頌歌。

也成了愈來愈不確定的地基。母親站在那裡，像一支入的深嚴的木樁，讓著地的孩子拋出凝視的繩索結實纏繞。

水獺

就像人們通常會從一個人住的房子和該房子所處的地段得到關於這個人稟性和特質的印象一樣，我也這樣來看動物園裡的動物。從鴕鳥——在有人面獅身和金字塔模樣的背景映襯下沿著路邊一字排開，到住在寶塔裡的河馬——牠像個巫師，正要把自己的身體跟牠所侍奉的魔鬼合而爲一，沒有一種動物的住處不讓我熱愛和敬畏。但是在這些動物中單憑其棲居地的位置而顯得有些特別的並不多。牠們大都棲居在動物園與園外咖啡館或博物館相接壤的地帶。棲身於這些地段的動物中，水獺尤其引人矚目。它離動物園三座大門中坐落在列支敦士登橋邊的那座最近。這座門是三座中最少被使用的，而且還通向園中最死寂的區域。迎候參觀者的那條林蔭路，由於兩旁枝形吊燈上的白色圓球而顯得很像埃爾森（Eilsen）或巴特．皮爾蒙特（Bad Pyrmont）的某條人煙稀少的街道。早在這個角落荒涼得比古羅馬浴場更古老之前，它曾有昭示即將來臨事物的效力。那是一個先知的角落。就像據說有些植物可以使人具備預見未來的能力一樣，有些地方也同樣具有類似的神奇效力。那往往是些僻靜冷清的地方，還有牆邊的樹梢、死胡同或是人跡罕至的前花園也具有這樣的功能。在這些地方，一切原本即將來臨的事物彷彿都已成了過去。水獺的棲居地就是動物園中的這類區域。每當我迷了路來到這裡，我總會欣喜地向噴泉池那邊望去，這噴泉就像療養院中央的那座一樣高高噴起。這是水獺的樊籠。那是一個眞正的樊籠，因爲這隻動物所住的水池護欄被粗大的鐵條圍著。這個橢圓形水池的背景裡繚繞著小假山和洞穴，那是做爲水獺棲息地而設計的，但是我卻從未在那裡見到過水獺。於是我經常在這個望不到裡面的黑色深淵前無休止地等待，期盼能在什麼地方看見那隻水獺。可是，就算我好不容易終於發現了牠，那也肯定只是短短的一瞬。剎那間，這個晶瑩瑩的蓄水池居民又消失在濕漉漉的黑夜中。當然，人們飼養水獺的這個地方並不是一個蓄水池。但是每當我朝那水裡望去的時候，總是覺得全城的雨水都流入下水道只是爲了匯集到這個池中以滋養這隻動物，因爲在此居住的這個水獺是一隻嬌生慣養的動物，對牠來說，這個空蕩潮濕的洞穴與其說是棲身之所，不如說是一座廟宇。這水獺是雨水的聖獸。我無以斷定牠究竟是從這雨水中誕生出來的，還是僅僅受到它溪流的滋養。水獺總是特別地忙碌，好像一刻也離不開牠的洞穴似的。但我還是樂意久久地把額頭貼在柵欄上，怎麼也看不夠牠。這也同時表明了牠和雨之間那種隱祕的親緣關係，因為當雨水用它忽而細膩、忽而粗壯的牙齒，一分鐘一分鐘、一小時一小時地慢慢把牠的皮毛弄成一綹一綹的，美好的日子就顯得更美好，漫長的日子就顯得更漫長。牠就像個小姑娘似的乖乖把頭髮伸在那把灰色的梳子下。此時，我貪婪地望著牠。我等待著，不是等雨慢慢小下來，而是等雨愈來愈大，愈來愈密集地簌簌落下。我聽見它敲打著窗戶，聽見它從屋簷流下，汩汩地流入下水道。在一場豪雨中我感到十分安全。而我的未來也潺潺地向我流來，彷彿搖籃邊催眠曲唱起。我多麼明白，人會在催眠曲中成長。站在灰暗的窗戶後面看雨的時候，我就像是跟那隻水獺在一起。但是，只有在下次站在牠的樊籠前時，我才會覺察到這一點。那時我又得久久地等待，直到那個黝黑而晶瑩閃爍的身體躍出水面，隨即又飛快地鑽入水中去做一刻不能等的事情。

一則死訊

對於Déjà vu[1]這個詞人們已做出了不少描述。這些描述令人滿意嗎？是否應該將之描述爲我們所遭遇的類似回響的東西呢？這種引發回響的聲源無法事先預料地來自所逝去的茫茫經歷。此外與之對應的是：意識到曾體驗過某個瞬間所造成的驚異大都以某種聲響形態向我們襲來。這可以是一個詞，一個強或弱的響聲，它們具有冷不防將我們帶回到冷冰冰的過往墓穴中去的威力。在此情形中，當下只不過是該墓穴的拱梁所引發的回音而已。很奇怪，人們還沒有對這種現象的相反——震驚（Chock）——做過探討，這個詞使我們震驚，就好像我們自己臥室裡被忽略的陳腐氣味一樣。就像這樣的震驚使我們連結一些存在的疏異一樣，有些詞或節律也會使我們連結看不見的疏異：使我們忘卻疏異的未來。——那時我大約五歲。一天晚上，當我已上床躺著的時候，父親出現在我的房裡。也許他是來和我道晚安的。他告訴

1 Déjà vu係法語，意指曾經歷或體驗過一次的事。

了我一位親戚的死訊。我想，他不是完全願意這樣做。這位親戚年紀已經很大，跟我也不怎麼相干。父親在思忖著整個事的來龍去脈。他琢磨著應該死於心臟病，對於我提出的什麼是心臟病的問題他做了描述，但對我來說他的描述太複雜。我對他的闡述有些心不在焉。然而對於那天晚上我房間裡以及床上的氣氛卻無以忘懷，就像人們清楚無比地意識到了往後的某一天不可避免地會由之喚起已忘卻事物的場景一樣。許多年以後我才獲知當時父親在我房間裡告訴我這件事時所遺漏的一段：我那位親戚死於梅毒。

父親攝像，約1896年。

孔雀島和格靈尼克

夏天將我與霍亨佐倫王族[1]拉近了，在波茨坦有新皇宮、無憂宮（Sanssouci）、野生動物園和夏洛蒂皇家園林（Charlottenhof），在巴貝爾斯堡[2]則有一座宮殿及其花園，與我家的夏季別墅相鄰。距皇家宮殿和園林那麼近，卻從來不會影響我玩遊戲，因爲我將皇家建築投下陰影的那片土地當作了自己的王國。從夏天的某一日我被加冕爲皇帝，到晚秋我又將帝國歸還原主，關於我的這段統治經歷著實可以寫成一部史書。我也爲了保衛這片領土而拚命奮戰。此間讓人覺得離奇的是並沒有其他皇帝來反對我，這些爭戰或是我與這片土地本身或是與這片土地所派遣來與我作對之精靈的廝殺。在孔雀島上的某個下午，我經受了一次最慘痛的失敗。當時有人讓我去草地裡尋找孔雀羽毛，那個小島由於可以找到如此神奇的戰利品而對我產生了莫大的誘惑。可是當我上下翻遍了整個草地還是徒勞地一無所獲，此時一陣哀怨襲上心

1 霍亨佐倫（Hohenzollern）：德國貴族世家，一〇六一年首次爲文獻所記載，一二一四年分裂成法蘭克霍亨佐倫和施瓦本霍亨佐倫二世。前者在一四一一－一四一七年間獲得了勃蘭登堡帝侯的位子，一七〇一年成爲普魯士皇族世家，一八七一－一九一八年期間，德國皇帝全出自該家族。

2 巴貝爾斯堡（Babelsberg）：靠近波茨坦的一個小城鎮。

頭，它遠甚於我對那些披著完好無損的羽毛在籠子前踱來踱去之孔雀的怨恨。拾獲物之於孩子就像勝利之於成年人。我要找的這樣東西能使整個島嶼爲我一人獨有，讓它只對我一人開放。只需拾得一根那樣的羽毛我就可以占有它——不僅占有這個島嶼，還有那個下午，以及乘渡船從薩克洛夫（Sakrow）上島的航行。這一切只有透過我的那根羽毛才能完全地、不容置疑地歸我所有。現在，小島對我已經沒有意義了，隨之使我同樣覺得失落的還有我那第二故鄉：孔雀國。回家的路上我才在皇宮潔淨的窗戶裡讀到陽光反射出的那塊牌子：今天我不該進到草地裡。就像如果不是因爲一根未找到的羽毛而失去了一片已到手的土地，當時我的痛苦就不會那麼難以慰藉一樣，後來如果不是感到征服了一片新領地，那麼我學會騎自行車的歡欣就不會如此巨大。那是在一個鋪著瀝青的體育館裡，那時，騎車運動剛剛興起，學習這門技藝要經過大費周章的傳授，就像如今學習駕駛汽車一樣，不像現在的孩子透過互相傳授便學會了騎自行車。那體育館位於格靈尼克小城的郊外，它建於體育運動顯然並非要在戶外進行的那個年代，那時也還沒出現適用於不同體育項目的練習運動，因此每項運動令人羨慕地都有自己的場區和誇張的服裝以彰顯出和其他運動的明顯不同。在體育運動的早期階段還有一個特有的現象，就是非常追求別出心裁，尤其是這裡提及的騎車運動。因此這個體育館中除了一般的男車、女車和童車外，還有更時髦的車型在穿行，它們有的前輪比後輪大四五倍，雜技演員坐在高高的坐墊上練習把戲。游泳池裡通常爲會游泳者和不會游泳者劃分不同的區域，在體育館裡學車也有這樣的劃分。也就是說，有的人只能在館裡的瀝青地面上練習，另有一些人則被允許離開體育館到外面的花園裡去練習。經過了一段時間後，我被劃入了第二組。在一個美麗的夏日我被允許到外面騎車，我陶醉了。那條路上滿是礫石，小石子劈啪作響，我第一次騎在對刺眼的陽光毫無遮擋的路上。體育館裡的瀝青地面是曬不到太陽的，路面寬敞舒服。而在外面卻是每個拐角都危機四伏。輪子雖然沒有打滑，路也還算平坦，但是我卻覺得車子不聽使喚地自主前行，好像我從未騎過這輛車，車子的把手似乎出現了某種自主意志。路上每個隆起處都像故意想使我失去平衡。我早就忘了摔倒是怎麼回事了，但是這種退隱多年的重力效應現在又開始出現。在騎過一段小小的上坡之後，路突然向下傾斜，我從坡頂向下滑去，塵土和小石子從車子的橡膠輪胎下濺出一片塵煙，路邊的樹枝在疾馳中嗖嗖地拍打著我的臉。正當我對找回平衡已不抱任何希望時，體育館入口處平緩的門檻向我招手了。懷著怦怦直跳的心，藉著剛才那個坡道慣性而來的疾駛，我騎著車出現在體育館的遮篷之下。當我跳下車時，可以肯定的是，那個夏日裡所經歷的一切都因爲我與這個山丘的切身相接而穩穩當當地進入了我的懷中：科爾哈笙布呂克（Kohlhasenbrück）火車站，格裡布尼茨湖（Griebnitzsee）堤上通往湖邊碼頭的拱形涼亭，巴貝爾斯堡宮殿上肅穆的城垛和格靈尼克清新的農家花園，就像諸侯領地或王國疆土通過聯姻而穩穩當當地被劃入了皇家勢力範圍一樣。

花園街12號

沒有哪個門鈴的響聲比這一個更友善了。在這套居室的門檻後面，我甚至感到比在自己父母的家裡還要自在。順便提一下，這個街名的讀法並不是Blumes-Hof，而是Blume-zoof[1]，那是一朵巨大的絲絨花，它從一個捲曲的套套[2]裡朝我臉上貼過來，花的中央便是我外祖母，我母親的母親，她是寡婦。要是你去探望這位居住在花園街上方這座鋪有地毯並裝有小欄杆的凸肚樓上的老婦人時，很難想像她會每隔數年就跟「斯若亙（Stangen）[3]旅行團」去做漫長的越洋旅行，甚至去沙漠遊玩。在我見識過的所有高檔公寓中，它是唯一具有「世界公民」特點的。這一點並不是從公寓本身就能看得出來。但是馬多納．第．坎皮格裡歐（Madonna di Campiglio）和布林迪西[4]、維斯特蘭[5]和雅典，以及其他她在旅行中寄出明信片的地方，所有這些地方都飄散著花園街的氣息。外祖母大而瀟灑的字跡有時散落在畫面的下方，有時

1 一般人看到Blumeshof這個字，多半會把s歸到前一個音節，作者在此解釋s要跟後面的h一起讀，發成z的音。

2 套套：指外祖母戴的絲絨帽。

3 斯若亙（Stangen）：當時德國專門從事越洋和冒險旅行的旅行社。

4 布林迪西（Brindisi）：義大利南部的一個省城，臨亞得里亞海。

5 維斯特蘭（Westerland）：德國北部敘爾特（Sylt）島上的一個小城鎮。

繚繞在畫面上方的藍天裡，這表明外婆整個地就住在這些畫面裡，以致它們都成了花園街的領地。而當它們的「本土」重新展現在我面前時，我總是如此充滿惶恐地踏上它的地板，就好像這地板曾和它的女主人在博斯普魯斯的波浪上跳過舞，那塊波斯地毯裡彷彿也還藏有撒馬爾罕的灰塵。用什麼樣的語詞才能描繪出從這套公寓裡蘊發出的那種幾乎已無法追憶的市民階層的踏實感呢？它諸多房間裡的家具什物已經不會使今天的舊貨商感到興奮了，因爲七〇年代的產品雖然比晚期新藝術（Jugendstil）風格堅固得多，但它們明顯顯得陳腐而老套。在時間的推移中，它們以不變應萬變，只考慮到材料的耐用性而絲毫沒有顧及適用性問題。公寓裡充斥著這類家具，一意孤行地將幾百年來流行的雕飾統統集於一身，被它們自己和它們的長久不變所填滿，以致根本沒有考慮到用壞、出售和搬家問題，而且從來沒有想到會有盡頭——盡頭對它們來說便是萬物的終結。不幸在這裡沒有位置，即便是死亡也難以在此落腳。由於在這裡沒有死亡的一席之地，因此公寓裡的居民都死在療養院裡，而留下的那些家具在第一代繼承人手裡就被變賣給了舊貨商。在這些房間裡，死亡不在計畫之中，因此這些

柏林一所公寓的沙龍。

房間在白天顯得格外舒適宜人，而到了晚上則成了噩夢出沒的場所。我踏進的那個樓梯間便是夢魘的棲息地，它先使我的四肢沉重無力，然後當我還有幾步就要跨進那個渴望已久的門檻時，它又讓我對之著了魔。類似這樣的夢魘是我獲取那份安全感所付出的代價。外祖母沒有死在花園街。我父親的母親有很長一段時間就住在她的街對面，祖母比外祖母的年紀更大，她也同樣是在其他地方去世的。所以這條街對於我來說成了仙境，成了雖已遠去，但卻永生不死的祖母們幽居其間的陰界。想像的紗幕一旦投向某片區域往往會使它周圍泛起陣陣莫名情緒騷動的漣漪，因此想像也將花園街附近的那家殖民地貨品商店變成了曾經也是商人的外祖父的一座紀念碑，因爲這家商店老闆的名字與外祖父一樣也叫格奧爾格。這位早逝的外祖父的半身像與眞人一樣大，和他夫人的肖像並排掛在走道裡，那走道通向公寓較隱蔽的部分。由於不同的情況，這些較隱蔽的房間又重見天日。一位已出嫁女兒的來訪，打開了那間長年不用的貯藏室；另一間後室在大人們午睡時收容了我；還有一間在裁縫被請到家時傳出了縫紉機「咯嗒咯嗒」的聲音。在這些較隱蔽的房間中，對我來說最重要的是那間迴廊，或許是因爲裡面沒有多少家具，不太受大人們的重視，或許是因爲那裡可以聽見馬路上輕輕傳上來的嘈雜聲，也或許是因爲我可以從那裡看到有看門人、兒童以及手搖風琴演奏者等其他人家的庭院。其實迴廊向我展現得更多的是聲音而不是人物，因爲這是一個高檔居住區，庭院裡從來不會太熱鬧，在這裡幹活的人也多少沾染了一些他們有錢主人所具有的悠閒，一週中總是餘留著一些週末的氣氛，因此星期日也就成了迴廊之日。其他房間都不是太盡人意，不能完全容住星期日的氣氛，而是讓它像流水一樣從篩子裡漏了出去。唯有這個迴廊將星期日緊緊抓住，它與插著晾曬地毯架子的庭院和其他人家的迴廊遙遙相望。從十二聖徒教堂和馬太教堂傳來的沉甸甸的鐘聲，裝滿了迴廊，每一聲迴蕩都不會從這裡滲漏掉，一直到夜晚它們依然在這裡層層疊疊，久久不散。這套公寓裡的房間不僅眾多，而且有的還非常寬敞。要向坐在凸肚窗邊的外婆問安，我得先穿過那間巨大的餐室，再走過凸肚窗間。在她的針線筐旁邊很快就會爲我擺上水果或是巧克力。在耶誕節第一天到來時，這些房間才顯示出了它們的眞正用途所在。當然，每年這一重大節日開始的時候都會碰到一個特有的難題。這張擺放禮物的長桌因爲眾多的禮品而顯得擁擠。不僅家庭的所有成員都被安排好了位子，而且所有傭人都在聖誕樹下有自己的地方，挨著他們的是那些已年邁退休的傭人。桌邊的座位一個緊挨著一個。如果大餐以後的下午某個總務或門房小廝還需要用餐的話，那麼在座的就難保自己的座位萬無一失。但是這一天的難題並不在此，而在這一天的開始，當房間大門的雙翼展開時。這時，房間深處的聖誕樹閃閃發光，長桌上到處是誘人的裝著杏仁糕和杉樹枝的彩色碟子，很多玩具和書本也在朝你招手。最好這時不要太仔細去觀望它們，因爲假如我太早地迷上了一件禮物，而它按規定卻又落入他人之手，那麼我就把自己的這一天給毀了。爲了避免這樣的結局，我像生了根一般站在門檻上一動不動，嘴角帶著微笑，沒人能說清那微笑是聖誕樹的閃光，還是那些爲我準備的令我陶醉但又不敢去接近的禮物的光焰在我心中喚起的微笑。而此時最終支配我的則是另一個原因，它比那些表面的原因，甚至那個我內心的擔憂更深刻。由於這些禮物畢竟還屬於它的主人而不是我，並且它們又很容易破碎，我極其害怕當著眾人的面笨手笨腳地去觸摸它們。只有當女傭在外面的地板上用禮品紙替我們將它們包好後，只有當它們的外形由此消失在包裝紙和箱子中而它們那沉甸甸的分量給了我們確信時，我們才完全踏實地感到自己擁有了它們。很多小時以後。我們把綑好的東西緊緊夾在胳膊下，走向暮色籠罩的街道。出租馬車已經在樓門前等候，牆沿和木柵欄上的積雪完好無損，路面上的則已經比較渾濁，從綠茨福河岸傳來了雪橇的叮噹聲。煤氣路燈一個接一個地亮了起來，洩露了點燈人的路徑，即便在這個甜蜜的節日夜晚他也必須把點燈桿扛在肩上，此時這座城市深深沉入自己之中，彷彿一隻由於我和我的幸福而變得沉沉的布袋。

識字盒

忘掉的東西我們是不可能再原原本本地重新記起的。也許這是一件好事，否則由這樣的重新想起引發的驚異會如此地擾亂心思，以致我們必須馬上停止去了解我們的渴望。因此，忘掉的東西在我們心裡沉陷得愈深，我們反而愈能理解自己有如此這般的渴求。就像剛才還掛在嘴邊的詞語丟失後反倒使唇舌插上了德謨斯泰納[1]式的翅膀一樣，忘卻會使我們覺得那些不該忘掉的整個經歷過的生活分量很重。也許使忘掉的東西顯得分量重和富有內涵的不外是那些下落不明之習慣的印痕，而我們自己已經無以重回其中；也許忘卻與我們衰敗之腦殼粉塵的關聯正是被忘掉事物得以持續有效的祕密所在。正是由於這樣的緣故，對每個人來說都會有一些習慣在其中得到最持久存在的事物，正是這些事物造就了對人的具體生活發生決定性影響的東西。就我的具體生活而言，這樣的東西是與閱讀和寫作分不開的。因此，在我所淡

1 德謨斯泰納（Demosthenes，西元前三八四—三二二）：古希臘雄辯家。

忘的早年事物中最讓我留連的是識字盒，裡面放著許多小木片，木片上分別寫著的德語字母看上去要比印刷字母好看得多。那些字母清晰並錯落有致地鑲嵌在小木片上，每個都混成一體，被按照宛如修女隸屬的教團規則——語詞規則——排成序列。我驚歎，如此這般的隨遇而安何以能融進那麼多的美景妙意。那是一種天賜狀態。我刻意去謀求它，就是無以如願。這種刻意必須像允許特定人入內的看門者那樣留在外面。因此，面對識字盒裡的字母必須根除任何刻意性奢望。識字盒在我身上激發的渴望表明：它與我童年時代是多麼地形影相隨。我在識字盒裡找尋的實際是這童年時光，是整個童年時代，它聚集在字母片的把手上，我當年的小手正是握著這樣的把手將字母片插入片槽裡，使其按序組成語詞。我的手還會夢見這樣的把手。但是，已不再會醒來去眞正地推插它。所以，我會夢見當初我是怎樣學步的，可是，這已無濟於事。如今，我已經會走路，已不會再去學步。

櫃子

我可以隨心所欲打開的第一個櫃子是那五斗櫃，門就會在我面前從鎖裡彈出。裡面存放著我的衣服，對於那裡具體存放著我的哪些襯衫、褲子和內衣我已記不清，但有一樣東西我卻一直沒有忘記：我的長統襪，它常常使我從櫃子裡取它時有著持續的迷人的歷險意味：我的長統襪。這些襪子按通常方式包捲著被堆放在裡面，我必須將手伸到櫃子最深的角落才能摸到它們。每雙襪子的樣子都像一個小袋子，沒有什麼比盡可能地將手伸到袋子最深處更有趣的了。我這樣做不是爲了暖手，吸引我將手伸到袋子深處的是裡面被我抓在手中的那個「兜著的」東西。當我用拳頭把它攥住，努力確認了自己擁有這個柔軟的毛線團時，扣人心弦地展示謎底的遊戲的第二部分就開始了。這時我著手把那個「兜著的」東西從它的毛線兜裡拉出來。我將它朝自己愈拉愈近，直到發生了那件令人驚愕不已的事情：我把那個「兜著的」東西翻出來了，但是本來裝著它的那個「袋子」卻不見了。我不厭其煩地反覆嘗試著這樣的過程。它讓我領悟到：形式與內容、包裹與被包裹住的東西其實是一體的。這個統一體是一個第三者，即那雙將前兩者統於一身的長統襪。試想，我當時是多麼貪婪地反覆搗弄，使這個奇蹟不斷重現，我這樣做是爲了試圖從我有關藝術的概念中悟出一些類似童話的內涵。童話邀我進入那迷人世界或精靈世界同樣旨在使我最終安然回到那質樸的現實中，那現實如此欣然地將我收下就像當年面對長統襪時的情形一樣。幾年之後，我對這樣的神奇現象已不再那麼迷戀，而開始被一些更刺激的東西所吸引，開始在特異、驚險和魔幻般的東西中找尋魔力的謎底，而這時我同樣是在一個櫃子前去品嘗那魔力的滋味。然而，這時更具有冒險意味。常常還沒眞正做什麼，機會已經失去，還得到一個禁令，即不許碰那些書籍，而我認定可以從這些書中獲得對所失落之童話世界的巨大補償。雖然我至今一直不明白諸如《延長符號》（*Die Fermate*）、《長子繼承物》（*Das Majorat*）和《海馬托紗爾》（*Haimatochare*）這樣的標題是什麼意思，但當時我讀不懂的東西都有著同一個標題：《霍夫曼幽靈》（*Gespenster-Hoffmann*），並且大人們讓我嚴格保證絕不碰這樣的東西。可是，我最終還是有讀它的機會的，那是在我中午放學回到家中而媽媽還沒有購物回來，爸爸也同樣還沒有下班回到家中的時刻。當這樣的機會出現時，我便毫不遲疑地直奔書櫃。那是一件非常特別的家具，從正面根本看不出裡面放著書籍，它那用橡樹木製成的門框內側鑲嵌著玻璃，而且這些鑲嵌物是由牛眼形玻璃[2]組成，這種玻璃中的每一塊都被用鉛框與其他隔開。它們被塗上紅、綠和黃色，因而不再透明。這樣一來，櫃門上的玻璃就令人討厭了，似乎它不願讓人看到裡面而透出令人無以接近的灰暗反射光。要是當時聞到那櫃子周身散發出的怪味，那我在這個屋內透亮而令人緊張地具有冒險意味的中午時刻想做的，也充其量只不過是用手觸摸一下那櫃子而已。我拉開櫃門，伸手摸尋著那本書，不是在前排，而是在擺成行的書後摸黑搜尋著，飛快地翻到我想看的那一頁，立馬就地站在開著的櫃門前，趁爸媽還沒有到家的這一刻匆匆流覽。就看到的東西而言，我什麼也沒有讀懂。但是，每個深夜，每種人聲和呵斥在我這裡引起的恐慌卻與日劇增，以致在任何時候聽見門鎖響動，聽見爸爸將散步用的拐杖放入門外架中發出的沉悶撞擊聲時，

2 牛眼形玻璃（Butzenscheibe）：一種可用鉛鑲嵌成窗玻璃的特製玻璃。

我都會驚恐不已。——這宛如一個特殊信號表明：屋內的精神財富在宣示，這個櫃子是屋中唯一沒有上鎖的，因爲其他櫃子沒有鎖匙的相助是無法開啓的。當年，掛有鎖匙的鏈圈到處陪伴在每個家庭主婦的身邊，以使自己隨時都被惦記著。在所有家事活動中，主婦在鎖匙鏈圈裡找尋某把鑰匙發出的叮噹聲首當其衝地貫入耳中，那是一片混亂的嘈雜聲，還在宛如聖壇櫃般大大敞開的櫃門裡那聖像向我們致意之前，這嘈雜聲已在表示著抗拒。那聖像同樣要求我對之俯首貼耳，頂禮膜拜。每次慶祝完聖誕或生日之後都要看一下，哪些禮物應放入那「新櫃」中，而媽媽則替我保管好櫃子的鑰匙。所有被鎖起來的東西都能長時間地保持全新的樣子。對我來說，這樣的新並不是指保持原有的新，而是指將舊的東西更新爲新的。通過這種更新我將自己塑造成爲屬於我自己的，這樣的新我也就是我抽屜裡成堆收藏品的產物。我所發現的每塊石頭，採摘的每朵花蕾和捕捉到的每隻蝴蝶都已是某個收藏的開始，而我所擁有的一切對我來說便是一個絕無僅有的收藏。「整理」會將一片布滿荊棘的栗樹建築毀掉，裡面有啓明星、錫紙、仙人掌、圖騰樹、銅幣、龜甲、積木和棺木。童年時代的擁有就這樣在那些方盒、木架和空格中得到遞增和貯藏，因爲以前被從古老的鄉村土屋帶入童話世界中——那個對聖母子孫來說做爲最後禁忌的世界——的東西，如今在大都市的公寓裡被縮減成了一個櫃子。然而，當時家庭裡所有櫃子中最令人不適的則是餐櫃。是的，唯有明白了櫃門與寬厚敦實，並且一直頂觸到天花板之餐櫃的不協調關係，才能體會出餐室及其神祕鬱悶的氛圍究竟意味著什麼。餐櫃在這樣的位子上宛如遠古時期想將房子與家具統一起來的做法在現時代的體現一樣似乎無可非議，但是處理乾淨周圍一切的清潔婦並無法解決這個問題，她只能將銀桶和碗罐，德爾夫特花瓶[1]和馬約里卡陶器[2]，將凹處角落裡在貝殼狀圓頂下雕飾護壁鑲板前餐櫃平台上的銅壇和玻璃酒杯搬走，一起堆放到隔壁的房間裡。櫃子裡的東西組成的陡峭高度使得這些東西不再實用，因此，有充分理由說那餐櫃看上去像座廟山，它也可以炫耀擁有的寶藏就像神像也喜歡被這樣的東西簇擁著一樣。這樣一來，大家在一起的日子就是可以炫耀的時辰。每到中午時分，那厚實的櫃子就被打開，以使我在鋪著宛如青綠苔蘚般絲絨的櫃格子裡看見家藏的銀器。可是，那裡放著的其他東西豈止十倍，而是有二

1 德爾夫特花瓶：一種因產地德爾夫特（Delft，荷蘭）而聞名的花瓶。

2 馬約里卡陶器：一種因產地馬約卡島（Mallorca，西班牙）而聞名的陶器。

十、三十倍之多。每當我看著這些由咖啡勺、餐刀架或水果刀、牡蠣叉組成的一排排長行時，欣賞這些的同時卻充滿恐懼，因爲客人猶如桌上擺好的餐具一般。

學生圖書館

某個課間休息時，人們將書蒐集起來，然後再分發給需要這些書的人。我並不是一直那麼機靈，常常眼睜睜看著自己想要的書落入並不明其分量的他人之手。這些書與學校讀本大相徑庭。面對學校讀本，我必須整日、整星期地一頭扎入到裡面的每個故事中，就像住進門上——標題上——標有號碼的軍營一般。而置身愛國詩歌的戰壕時，情形更糟，裡面的每行詩句都是一間令人窒息的斗室。而從課間分發的書中則輕盈地吹拂出一股柔和的氣息，隨著這股氣息，史蒂芬大教堂[1]向簇擁在維也納的土耳其人點頭示意；隨著這股氣息，香菸廠煙囪冒出的深色濃煙在空中畫出一道一道弧圈，那弧圈在貝雷斯納河[2]上翩翩起舞，並慘澹地映照出龐貝歲月末日的情形。可惜這樣的氣息從奧斯卡・赫克爾（Oskar Höcker）和馮・霍恩（W. O. von Horn），從尤里斯・沃爾夫[3]和喬治・埃博斯[4]那裡向我們飄來時，已經有些舊了。而最

1 史蒂芬大教堂（Stephansdom）：位於維也納市中心的大教堂，最初建於一一四七年。

2 貝雷斯納河（Beresina）：歐洲第三大河鄧葉佩爾河（Dnjepr，全長二千二百〇一公里）上游的一條支流，長六百一十三公里，一八一二年十一月二十六至二十八日，拿破崙軍隊撤出莫斯科時在該河流域與俄羅斯軍隊展開激戰，法國軍隊慘敗。

3 尤里斯・沃爾夫（Julius Wolff，一八三四－一九一〇）：德國作家。

4 喬治・埃博斯（Georg Ebers，一八三七－一八九八）：德國作家，著名埃及文化研究者。

讓人感到迂腐的是諸如《祖國追憶》（*Aus vaterländischer Vergangenheit*）這樣的書，這些書在中學一年級時被大量蒐集，以致很難躲開它們，並使得到一本韋利斯赫弗爾（Wörishöffer）或丹恩[5]的書的可能性變得非常渺小。這些書的紅色帆布封面上鑲嵌著一位中古時期的執戟士，內頁文字配有中世紀騎兵用的小旗做爲裝飾，此外還配有可敬的手工作坊學徒形象、金髮的寨主女兒、兵器加工廠，還有向他們的主人發誓效忠的奴僕。當然，不可或缺的還有中世紀宮廷裡冒充的膳務總管正在圖謀策劃以及爲外國軍團賣命而衝鋒陷陣的年輕人。如果我們在所有這些主人和僕人中想像不出什麼正經八百有關商人之子和樞密大臣之子的東西的話，那麼，他們就其自身而言就更會越過我們的大腦思考而在我們的居室裡找到恰如其分的位置。中世紀騎士城堡上掛著的徽號從我父親皮沙發那邊向我們的整個居室示意，配有把手和蓋子的大酒杯在托盤四周圍了一圈，被放在我家瓷磚壁爐的座架上供人使用，還有兵營裡正對著牆角將路堵死的小板凳被一模一樣地放在我家的奧比松地毯[6]上，這樣只是爲了不讓小腳夫岔開雙腿坐上去。可是，這兩種世界的交合只在一種情況下才會完全奏效，那是在一本青少年刊物

5 丹恩（Felix Dahn，一八三四—一九一二）：德國作家、歷史學家和法學家。

6 奧比松地毯：一種產自法國奧比松市（Aubusson）的地毯。

中見到的一幅彩色全身照片那裡發生的情形，關於該刊物我只記得刊登那照片的位置。當時我懷著從不會稍減的驚恐翻到了那個位置，我在流覽這幅照片的同時又在尋找著它，就像我後來面對《魯賓遜漂流記》裡那幅插圖時一樣。那幅插圖畫的是星期五，魯賓遜首度發現了陌生人腳印的地方，在離此不遠處還發現了頭蓋骨和其他骨骼。但是，在一位身著白色晚禮服的女人宛如手持拐杖般地斜拿著枝形燭台半睡半醒地徒步走過畫廊時，由此引發的恐懼要模糊得多。這個女人是盜竊狂（Kleptomanin）。在盜竊狂這個詞中，某種一閃而過、帶有貶意的預先定調使該詞中兩個業已神兮兮的音節（Ahnin）變了樣，就像葛飾北齋[7]用一些水墨線條使死者面容變成了精靈一般。——盜竊狂這個詞使我由於驚恐而變得神志惶惑。在我柏林臥室通往後房的過道還一直是那位居住在宮殿裡的女人深夜穿行的長長畫廊時，那本舊書（書名是《憑藉自己的力量》）早就又在中學一年級中傳開了。而那些被傳閱的書不是讓人覺得自在就是驚恐，它們要麼索然寡味，要麼懸念四起。——沒有什麼東西能提升或減弱它們的魅力，因爲這一魅力並不取決於書的內容，而是在於它們總是能給我一些有趣的時刻，從

7 葛飾北齋（Katsushika Hokusai，一七六〇—一八四九）：日本畫家，十九世紀中葉至二十世紀初對歐洲現代美術運動發生深遠影響。

柏林夏洛德堡區薩米尼廣場凱薩斐特列學校。

而幫我度過難以忍受的無聊課堂教學。每天晚上還在我將這樣的書放進我書包時，已經對之心中有底，知道課堂上的時間不難打發了。書包裡那本書與我的課堂讀本、作業本和鉛筆盒同處一個暗黑的空間，這恰好對應了第二天課堂上爲了不被察覺而偷偷摸摸地要做的事。接著，終於在先前還使我顯得有點抬不起頭的地方出現了我可以耀武揚威的時刻，就像隨著梅菲斯特[8]在浮士德那裡的顯身而使浮士德分有了他的威力一般。那位離開講台到教室儲藏櫃邊去蒐集或分發圖書的老師，如果不是那個爲了投我所好而節制住破壞力量去展示其技能的低等妖魔又會是什麼呢！而且他根據指點和說明去做的每一個嘗試都以失敗告終。在我早就沿著神奇的地毯準備步入最後一位莫希干人[9]的帳篷或孔拉丁·斯道芬[10]的營地時，他做爲可憐的妖魔完全在做著徒勞無功的事。

8 梅菲斯特（Mephistopheles）：歐洲傳說中的超凡力量，在浮士德身上得到體現。

9 莫希干人（Mohikaner）：北美印第安人，已被白人統治者滅種。

10 孔拉丁·斯道芬（Konradin von Staufen，一二五二—一二六八）：南德施瓦本公爵之子，一二六七年進入義大利行使對西西里王國的統治權。一二六八年戰敗，逃亡途中被抓獲，被處以絞刑。

捉迷藏

我已經知道這間居室裡的所有藏身之處，回到這些藏身處就好像回到一間屋子裡，而你有把握屋裡一切如昔。我的心劇烈地跳動。我屏住呼吸。在這裡我被物質的世界圍得嚴嚴實實。這物質的世界可怕地清晰，而且無以言狀地與我靠得這麼近。就像被施以絞刑的人才會明白繩子和木頭究竟是什麼。躲在門簾後面，這個孩子自己也變成了某種飄動著的白色東西，變成了一個鬼魂。蹲著躲在餐桌下面，那張餐桌便使他成了神廟裡的一尊木製偶像，餐桌那有雕刻的桌腿便是支撐起神廟的四根梁柱。躲在一扇門後面，他自己便是門，並將門當作沉重的面具，以一個巫師的姿態向所有不知內情跨入門檻的人施法。他絕對不能被找到。別人告訴他，要是他做鬼臉，只要時鐘一敲響他就得永遠維持那張鬼臉。我在藏身之處明白了其中的奧妙。誰發現了我，誰就能把我變成桌子下面僵住的神像，就能把我永遠當作鬼魂織入門簾中，還能把我終生逐入沉重的門裡。所以，只要搜尋者一找到我，我便會用大聲叫喊來驅走那個讓我變形的惡魔——實際上，還未等到被發現時刻的降臨，小孩就會搶先發出這種自救的叫喊。因此我不知疲憊地與惡魔對抗。在這樣的抗爭中，整個居室是面具的寶庫。然而每年一次，會有禮物藏在神祕的地方，藏在這些地方空空的眼窩和張開不動的嘴裡。神奇的體驗變成了科學。建構出這座魔屋的我解除了爸媽家的陰森住屋所受到的蠱惑，而去尋找復活節彩蛋。

幽靈

那是我七歲或八歲時的一個夜晚，在我家巴貝爾斯堡（Babelsberg）夏日別墅前。家裡的一個女傭在柵欄門前站了許久，我不知道這個柵欄通向哪條林蔭大道。我在其荒蕪的邊界玩耍過的那個大花園已經對我關閉，該是上床睡覺的時間了。也許我已經玩夠了最喜愛的遊戲，因此在鐵絲柵欄邊上，灌木叢中的某個地方，將我那支赫約爾卡手槍（Heurekapistole）的橡皮子彈對準棲息在靶子上的木頭鳥，它們被嵌在繪製的樹葉叢中，木鳥被子彈擊中後便從靶上掉落。

我的心裡一整天都藏著一個祕密——我前一天夜裡的那個夢。夢裡我看見了一個幽靈。那幽靈忙東忙西的地方我很難講清。但是它和一個我雖然不得進入卻認識的地方很相像。那是我父母臥室裡一個用一面褪色的紫色絲絨簾子遮起的角落，後面掛著媽媽的晨袍。簾子背後的黑暗神祕莫測：這個角落與那個隨著母親衣櫃的開啓而敞開的天堂簡直如出一轍。那衣櫃隔板的白色滾邊上用藍線繡著一段取自席勒《鐘》裡的詩句，隔板上疊放著床上和餐桌用品：床單、床罩、桌布、餐巾。薰衣草的香味從裝得滿滿的絲織香袋裡飄溢而出，香袋在兩扇狹窄的櫃門後打褶的布罩上搖搖晃晃。曾在紡紗車上顯示威力的古老而神祕的編織魔法，就這樣分屬地獄和天堂。而我的那個夢則來自地獄之國：夢中有一個幽靈在掛著絲綢的木製衣架旁忙東忙西，它在偷那些絲綢。雖然它不把絲綢搶過去，也不把它們拿走。其實它沒做什麼，也沒把那些絲綢怎麼樣。但我還是意識到，它在偷絲綢。就像傳說中爲鬼魂進餐作證的人，雖然沒有具體看到鬼在吃喝，但依然意識到有鬼在用餐。這就是我心裡一整天都藏著的那個夢。在做了這個夢之後第二天夜晚的某個怪異時刻——彷彿在前一個夢之中又插進了第二個夢——我察覺父母進入了我的房間。但他們把自己關在我的房間裡，這我就沒有看見了。第二天早晨我醒來時，家裡沒有任何東西可以拿來做早餐。因此，我知道家裡被搶了。中午親戚們帶著最急需的東西來了。聽說一幫人數滿多的盜賊半夜潛入我家。人們解釋說，幸好屋裡的聲響讓人得以推斷出盜賊人數很多。這次恐怖的造訪持續到凌晨，父母親一直在我房間的窗後徒勞地等待破曉，希望可以向街上發出信號。因此我也被拖進這個事件中。雖然我對那個傍晚站在柵欄門前的女傭做了什麼一無所知。但是，我那夜的夢卻使我有所聽覺，我聽到了藍鬍子夫人好奇地輕輕進入到他的臥室。可是，在我如此這般地做陳述時，恐懼使我發現，我其實不應該講述那個夢。

聚 會

媽媽有一件呈橢圓形的掛飾，非常長，長得已經無法佩戴在胸前。每次當她將之佩在胸前時，拖到腰帶的部分都顯示出它太長。但媽媽只在家裡有人來時才戴上它。這件飾品尤其耀眼的是它中間配有一顆晶瑩閃爍的黃色大寶石以及周圍環繞著無數五顏六色——有綠色、藍色、黃色、淡紅色和紫色——的小寶石。我經常可以見到它，因此我對它非常著迷。平時它被放在媽媽的首飾盒裡。在母親將它從中取出的那一輝煌時刻，它便會呈現出雙重效力：對我來說它使我有了陪件，雖然這個陪件實際上只是母親身上的佩戴；同時它對我來說也是護身符，這個護身符首先保護的是媽媽，使她免遭來自外界的可能侵襲。在它的庇護下，也給我平添了一些安全感，全是托它的福，我才在不經常有的、它被取出的那些晚上用不著立刻上床。每當我家裡有聚會時，那也使我雙重地不悅。隨著第一批造訪者的到來，他們會走進我的房間，沒完沒了地向我問長道短。接著，過道裡就會有一段時間不斷有門鈴在響，這些鈴聲響得有些讓人膽顫心驚，因爲它們比平時更短促、更緊湊。對我來說，這些鈴聲清楚地表明，它們敦促的不僅僅是把門打開，還有其他更要緊的事。與此對應，門被悄悄地快速開啓。接著便出現了聚會幾乎還沒開始就似乎已告終的情形。實際上，聚會只是退隱到了彼此有段距離的各個房間裡，以便消失在匆匆行程和密密細語的翻騰沉積中，就像巨大的波濤在還沒有衝擊出新的海岸線時就已經在岸邊潮濕的淤泥中逃之夭夭了。由於使這幕情形凸現的背景與我所屬的階層有關，因而我在這樣的夜晚開始結識如此這般的階層。它並沒有使我覺得親切。眼下充盈在房間裡的氣氛使我感覺到，它不可理喻，但又直截了當，常常會不惜堵死繞圈子的做法。它不顧所處的時間和地點，橫衝直撞，一意孤行。爸爸今晚穿在身上的那件光亮如鏡的晚禮服襯衣，現在在我看來也宛如一副盔甲，此時此景，在他一小時前巡視過還空無一人的椅子的目光中，我發現了某種一切準備就緒的神情。這時，一陣風呼呼吹到了我這裡，這個肉眼看不見的精靈顯得強壯有力，它衝向每一個部位，與自己竊竊私語；

它任憑自己在那裡悶聲細語，就像人在貝殼中那樣俯首貼耳；它宛如風中的樹葉，在自行發出忠言，又宛如壁爐裡的木材在劈啪作響，隨後又無聲地自行消去。此時，我開始後悔幾小時前將這不可阻擋的傢伙放了進來，那是我拉了一下釦子使餐桌向兩邊張開，桌下出現了一塊木板，木板向上打開正好夾在向兩邊張開的桌子中間。這樣，來訪的每個客人在桌旁都有了位子。然後，我要幫著鋪桌子，這時不僅因爲我在做的事使我感到榮譽——蟹狀叉或牡蠣狀刀[1]——，即使是平日的慣例也以喜慶的方式出現：綠色高腳酒杯，專供波爾圖酒[2]用而磨得精光的高腳小杯，放香檳酒用的金絲罐，放鹽用的小銀罐，蓋酒瓶用的各種軟木塞，木塞外面那重重的金屬套有侏儒狀和各種動物狀裝飾。最後我終於可以在每副餐具前眾多酒杯中的某一只上放一塊牌子，牌子上寫著在此就座者的名字。我用這樣的小卡片爲整個忙碌加了冕。在我最終得意地環視整個還沒擺好椅子的餐桌時，一絲平和感由桌上擺好的所有盤子深深地滲入我心，那是由於潔白無暇的所有瓷製餐具上小小矢車菊圖案的緣故：這是一種單憑目光就能掂量出其適意的平和。這樣的目光對於我平日天天面對的充滿硝煙的眼神是非

1 蟹狀叉（Hummergabeln）和牡蠣狀刀（Austernmesser）指西方呈各種典雅形狀的餐叉、餐刀，屬於高檔餐具。

2 波爾圖酒（Portwein）：係一種產於葡萄牙的葡萄酒。

常熟悉的。再看那藍色洋蔥圖案，多少次每當在這同一張桌旁出現爭執時我都祈求它出來調停，而現在這張桌子則在我面前如此地閃爍出光焰。我無數次專心投入到它的枝杈和葉線中，投入到它的花蕾和渦捲形體中，我還從沒對任何一幅美妙的圖案有如此的專心致志。我是多麼俯首貼耳地祈求得到洋蔥圖案的友情，從沒有人會像我這樣去央求友情。我多麼盼望它在出現不平等爭執時成爲我的支持者，那些爭執常常使我吃不下午餐。但我從沒有如願，因爲這個洋蔥圖案就像一尊有其淵源的中國武士像一樣是可以花錢買到的。媽媽對它的無比珍重，她召喚出的整個梯隊序列，還有使每個戰死將士在廚房裡又起死回生的哀怨，所有這些都使我的期盼無望實現。因此，這個洋蔥圖案冷峻而不動聲色地抵擋住了我目光的進襲，沒有用它的一丁點兒枝葉來對我提供遮護。這張餐桌的喜慶景象使我擺脫了這幅讓人不悅的圖案，而僅僅這一點就足以令我心曠神怡。但是，隨著夜晚的慢慢降臨，夜晚在中午時分就已向我許諾過的那份陶醉、那種閃耀便越發明顯地被罩上了一層面紗。這時，當母親並沒有離開家而只是匆匆來到我身邊道晚安時，我尤其會明顯感到，否則，她此時此刻會將怎樣的禮物放在我的鴨絨被上。這表明，這個時辰對媽媽來說意味著白天還沒有過去，而我則可以放心大膽地像從前手捧玩具娃娃一般準備入睡。這是隱祕地落入她將之拉平的蓋被褶皺中去的時辰，對此她自己並無所知；這也是媽媽還在勞作的那些晚上使我安心的時辰，此時，她已經繫上的那塊頭巾的黑色尖角會觸撫我的臉頰。我喜歡與媽媽靠近，喜歡她身上向我侵來的氣味。我在她那塊頭巾的陰影中，以及在與她胸前佩戴的那塊黃色大寶石的貼近中體驗到的每個時辰，都使我幸福無比，這種幸福感是在被她親吻時從她嘴裡得到硬糖的感覺無法媲美的。接著，當媽媽由於爸爸從外面喊她而起身離開時，我周身充盈的只是驕傲，我驕傲自己如此體面地將媽媽送入到了外面的聚會中。我躺在床上，在快要入睡時不知不覺地感悟到了一句小諺語的眞諦：

「夜色愈晚，訪客愈美。」

乞丐與妓女

童年時我是柏林老西區和新西區的囚犯。我所屬的氏族就懷有一種摻雜著韌性和自我意識的情感居住在這兩個地區，正是這種韌性和自我意識造就了猶太人居住區，而我的氏族則將之視爲自己的封地。居住這一區的我是如此封閉，對其他居住區一無所知。至於窮人——對像我這樣年齡的富家兒童來說只有乞丐才算得上，當我第一次慢慢明白在爲一點點報酬而出賣自己勞力的屈辱中也潛藏著貧困時，我的認識已大大向前邁進了一步。那是在我完全爲自己記下某件事時發生的情形，當時記下的是一位散發傳單的男人從對傳單毫無興趣的公眾那裡所受的屈辱。由此，這位可憐的人——我的記述到此結束——就偷偷將一包傳單扔掉了。無疑，這種擺脫困境的方法是最消極的。但是，當時的我除了這種帶有破壞性的方式外，想像不出任何其他的反抗方式。當然，這種方式來自最切身的體驗。每當我試圖逃離媽媽的關照時，都會想到這種反抗方式，尤其在「購物」時我最喜歡採用這種方式，而且固執不已，這讓媽媽非常惱火。具體來說，在馬路上我已經習慣總是比媽媽慢半步地走在她身後。此後當來回漫步在馬路上而引發了我性欲意識時才明白，這在很大程度上歸咎於當年與媽媽一起漫步市區街巷時意念上的獨行。但是，這最初的性欲萌動找上的不是身體，而是完全墮落的心靈，心靈的翅膀開始腐爛，在煤氣路燈的映照下閃動，或是仍蟄伏於蛹皮之中，尚未展開。對所遭遇事物似乎只看到其三分之二的視看方式如今使我受益匪淺。那時媽媽還在罵我在馬路上走得太慢，走得太漫不經心時，我已經朦朧地感到，此後可以在只是表面看來我不熟悉的馬路的相助下逃離媽媽的關照。那時，我在光天化日之下與一位馬路上的妓女做了攀談。不管怎樣，引發我這史無前例舉動的毫無疑問是我當時出現了一種不顧媽媽及其所屬階層體面地去行事的衝動——可惜，只是一時的衝動。那時我做了很長遲疑才真正開口與那位妓女攀談。當時我的感覺糟糕無比，與妓女攀談宛如與一架自動售貨機交往，只要給出一個信號她就會按程式做出反應。在這樣的感覺下我開口發了話，隨即，頓感兩耳充血，根本無法聽清面前從塗滿唇膏的嘴唇裡蹦出的話語。我趕緊走開，以便在當晚能再次嘗試一下這一大膽的舉動——當時我做了好多次這樣的嘗試。此後每當我有時天快亮時在引向後院的道上稍作停留，便會無法抵禦地被那瀝青小道吸引走向後院的妓女。當然，那使我得到解脫的手並不是最潔淨的。

不幸事件和罪行

城市每天都重新給我關於這些事件的承諾，而到了晚上這些承諾往往落空。就算發生了什麼事，等我趕到現場時，一切也都已過去，就像神靈在凡人面前只作瞬息的顯靈一樣。被洗劫過的櫥窗，運出一具死屍的房屋，一匹馬跌倒的街道——我在這些地方站住腳，以便將那些事件所留下的氣息好好聞個夠。但是隨著那些好事者向四處散去，這樣的氣息也一起煙消雲散了。當救火車由快馬拉著衝向不知在何處的失火處時，誰能搞清它的去向？隔著救護車的毛玻璃，誰又能看清在擔架旁坐著一位陪伴者的車內情形？不幸從街上飄過，徑直衝向那些車子，我無法捕捉它的蹤跡。然而還有一種更加奇特的車子，當然它會像吉普賽大篷車那樣嚴格保守著自己的祕密。這種車子讓我感到陰森可怕的仍然是那些窗戶，它們被鐵條牢牢地封著。雖然鐵條之間的距離很小，根本不可能有人能從裡面鑽出來，但我還是暗自竭力琢磨著可能會關在裡面的那些罪犯。當時我不知道這些車子押解的只不過是一些文件，因而更加把它們當成令人窒息的容器，裝著不幸與災禍。讓我難以丟下的還有那條運河。河裡的水是如此的幽暗，水流得又是如此的緩慢，以致它好像與所有傷心事都難解難分。但是，掛在許多橋邊與死亡定了親的白色救生圈卻都徒具虛名，我每次經過時，它們都依然玉體未解。最後我只好滿足於看看講解如何爲溺水者救生的牌子。可是這樣的講解就像佩加蒙博物館[1]裡的「石頭武士」一樣令我感到遙遠。對於這些不幸事件，處處都預先設防了。城市和我都能讓它化險爲夷，可是它卻無處可尋。是的，我多想能透過伊莉莎白醫院緊閉的護窗板向裡窺視啊！每當我從綠茨福路走來，我都發現有幾扇護窗板大白天都關著。我問了之後才知道，這樣的房間裡住的是「重症病人」。猶太人中有這樣一個傳說：死神的手指向哪家埃及人的房子，這戶人家的頭胎就必死無疑。聽過這個傳說的猶太人在想像那些房子的時候，可能和我揣測那些緊閉的護窗板一樣充滿恐怖。但是死神眞的會去那樣做嗎？還是有一天護窗板會打開，那個重症患者變成了一個康復者

1 佩加蒙博物館（Pergamon Museum）：位於柏林市中心的一座著名博物館，主要藏有從巴比倫到蘇美、亞述、美索不達米亞到古希臘、羅馬等古代文明的藝術和建築藝術品。

躺在裡面？對於死亡、火災和敲在我房間窗上卻沒有打破玻璃的冰雹，難道不能有人再去助一臂之力嗎？當不幸和罪惡終於發生時，與這些事件有關的想像便完全被擊破，夢與現實的界限也蕩然無存，這難道有甚麼好奇怪的嗎？因此，有一件事我不知道是出自一個夢，還是不斷重回夢中的眞事。總之，每當我觸摸到門鏈時就會想起這件事。「別忘了先插上門鏈。」每當我被准許去開門時總會聽到這樣的叮囑，直至今日我依然還像童年時一樣懼怕有一隻腳頂在門縫裡。而在這樣的恐懼中，有一次驚嚇宛如煉獄之苦般無限綿延著，這次驚嚇顯然只是因爲沒有插好門鏈而引發的。在父親的工作室出現了一位先生，他穿著並不差，對於母親他好像視而不見，說話時旁若無人，似乎母親只是空氣一般。而我在隔壁房間的這個事實對他來說更是微不足道。他說話的口氣好像滿客氣，似乎不帶特別的威脅性。但是當他沉默不語的時候，那種寂靜卻顯得可怕無比。這個房間裡沒有電話，父親的生命眞是危在旦夕。他當時可能沒有意識到這一點，就在他還來不及離開寫字桌，只是站起了身，想把這位破門而入並早就站定腳跟的先生趕出去時，那位先生已經先發制人地關了門，拿下了鑰匙。他斷了父親的退路，而對於母親始終未放在眼裡。是的，最不堪忍受的是他對母親的毫不在意，好像她與這個兇手兼勒索徒是一夥似的。這次極爲恐怖的災難在我還沒有弄清眞相時就被平息了。自那以後我總是很能理解就近衝向火災報警器求援的人。它們像祭壇一般佇立在馬路邊，供人在它面前向主管災禍的女神祈求。我接著想像那一刻，當那人身爲唯一知情的行人傾聽著遠方救火車的警笛聲漸漸駛近，那一刻要比救火車的出現更令人激動。但是不幸事件中最精采的部分幾乎總是就此結束。因爲就算報警報對了，人們也看不到火焰。彷彿這個城市妒意濃濃地在庭院深處或在成排的屋頂上養育著那稀有的火苗，而每個人都想目睹這城市在那兒養大的火鳥，這隻炙熱而耀眼的火鳥。偶爾能看到消防隊員們從裡面走出來，他們想必把那火看了個夠，但是他們看起來似乎並不配去看。完全專注於火災的唯有來看熱鬧的人。如果有第二批救援隊伍帶著皮管、梯子和水箱開進去的話，那麼在一陣忙碌之後他們便會像前一支隊伍一樣變得懶懶散散。這種裝備精良、戴著鋼盔的增援隊伍與其說是來與那看不見的火焰爲敵不如說是來保護它們。但是通常不會有增援的救火車開來，轉眼功夫人們突然發現，警察不見了，火也已經被撲滅。沒有人願意證實那是有人縱火引起的。

針線盒

我們已經不再識得將睡美人刺傷，讓她沉睡一百年的紡錘了，但是我們的媽媽和雪天裡坐在窗邊的白雪公主的王后母親一樣，下雪天也拿著針線坐在窗邊，而她做針線活時也只是由於手指上套著頂針才沒有被刺出三滴血。然而頂針的上端本身卻是淡淡的紅色，有細小的凹痕做爲裝飾，像被刺傷後留下的痕跡。如果把它對著光，那個我們的食指熟悉的幽暗洞穴的盡頭就會被映得通紅。我們喜歡戴上這個小小的王冠，悄悄做一次國王。當頂針套在我的手指上時，我明白了爲什麼女傭們那樣稱呼母親。她們的本意是「尊敬的夫人」(gnädige Frau)，但是卻把第一個字的音節弄得殘缺不全，很長一段時間裡我都以爲她們是在叫「縫紉夫人」(Näh-Frau)[1]。可是對我來說也實在找不出更貼切的頭銜來標識媽媽無以逾越的權力了。

1 德語「尊敬的夫人」(gnädige Frau)中的「尊敬」(gnädige)一詞在發音上如果將首末音節發不清晰，聽上去就有點像「縫紉」(Näh)一詞。

就像一切權力擁有者的寶座一樣，媽媽在縫紉桌邊的這個寶座也同樣具有不可抗拒的魔力。有時我能感覺到這種魔力，站在其中我屏住呼吸，一動也不動。在我被允許陪媽媽去串門子或買東西之前，她發現我衣服上還有些毛病。於是便把我已經穿上的海軍服的袖口抓住，將上面藍白相間的貼邊縫牢一些，或者飛快地在我領結上縫幾針，使之「更顯精神」。而我則站在那裡，咬著浸了汗的帽檐帶，味道酸酸的。此時此刻，我心裡就因爲針線對我的這種極端的控制而升起了對抗和憤怒，不僅是因爲媽媽對我已經穿在身上的衣服的操心使我的忍耐受到了嚴峻考驗——不，多半還是因爲媽媽在我身上所做的事與我面前這一堆彩色絲線、成排細針和大大小小的剪刀太不相稱。我開始懷疑這個盒子本來是否是用於縫紉的——它有點像那種我現在偶爾在馬路上碰到的東西，即那種從遠處看介於蛋糕房裡的糕點和理髮店櫥窗裡的髮型之間的東西。如果某個在說話的軸心捲出了我幾乎四十年後才見過的奧德拉黛科（Odradek）捲，我會感到無比的意外。雖然有位詩人稱這種在樓梯上和房間角落忙來忙去的會說話的神祕軸心爲「家庭之父的操心」，但這還是性別關係被顚倒之家庭的主人。——至少我當時已經感覺到那盒子裡的絲線和棉線圈把我誘惑得坐立不安，那線圈由一個空心軸組成，隨著軸的轉動，上面繞上了線。之後，軸的兩頭用薄紙封住，大都是黑色的紙上用金字印著製造公司的名稱和產品的編號。我禁不住巨大的誘惑，用指尖戳破了薄紙的中央。紙被戳破後，我摸著裡面的那個深洞時，心裡感到無比的滿足。那些線圈並排放在針線盒的上端，那裡有黑色的針鏈在晶瑩閃爍，還有一一插在皮套裡的剪刀。在這一層下面是幽暗的底部，那裡混亂一片，散開的線絞成一團，用剩的橡皮筋、衣服搭扣、各種零碎布頭都堆在一處。在這些剩餘物中還有一些鈕釦，其中有些形狀我從未在任何衣服上看見過。很久以後我又看到過一些類似的：它們成了雷神索爾車子上的輪子，一位普通中學教師在上世紀中葉將它繪製在了一本教科書中。隔了這麼多年，我才透過這幅泛白的小畫證實了自己的那個猜疑：這整個針線盒乃注定用來做針線活以外的事。白雪公主的母親做針線活時外面下著大雪。整個大地愈靜謐，這種安靜的家務活就愈顯得高貴。天黑得愈早，我們就會愈常拿起剪刀。於是我們小孩也會花一個小時盯著一根拖著粗棉線的針。每個孩子都默默地取出要繡的東西：硬紙盤，吸墨布，小布罩，並按照紙樣圖案繡著花。針在紙樣上穿過，發出清脆的響聲。我禁不住誘惑，不時去欣賞布的背面交錯的線條。每縫一針，布正面繡的花會愈來愈有樣子，布的背面則越發雜亂無章。

身著海軍服的華特和喬治·班雅明，約1903年。

聖誕天使

這個節日從聖誕樹開始。某天早晨，當我和大家一起走在去學校的路上時，街上許多角落都被打上了綠色的印戳，這些印戳好像要把這個城市成千上百個角落和邊沿，像一個巨大的聖誕禮盒那樣牢牢地釘住。然後在美好的一天，它被撐破了，許多玩具、堅果、草編工藝品和聖誕樹飾品從裡面湧出：這就是聖誕市場。和這些東西一起噴湧而出的還有另一樣東西：貧困。就像蘋果和堅果裹上丁點糖後也可以和杏仁糕一起擺在聖誕拼盤上一樣，窮人們也被允許在較富裕的城區兜售裝點聖誕樹用的銀絲條和彩色蠟燭。富人們指派他們的孩子去買窮人的小布羊或者對他們做一些施捨，因爲他們不好意思親自去做這樣的事。此時，聖誕樹已經矗立在陽台上，那是母親悄悄買來後讓人從後院的樓梯搬上來的。即將來臨的節日一天比一天濃厚地縈繞在聖誕樹的枝杈間，這比樹上的任何燭光都要神奇美妙。庭院裡的手搖風琴以聖歌充實著節日前的最後一些日子。節前的這段日子最終還是過去了，聖誕日終於又一次到來。此時此刻，我想起了我最初經歷的那些聖誕節。我在自己房間裡等待著六點鐘的到來。日後生活中沒有一個節日識得這個時辰，這時辰宛如一枝顫悠悠的箭頭插在白晝心窩上。儘管暮色已經降臨，我為了不把目光從天井對面的窗戶移開還是沒有點燈，那邊的窗內現在已經點亮了第一批蠟燭。這是聖誕樹存在的所有時辰中最讓人戰慄的時刻，它把針葉和枝杈奉獻給黑暗，只是為了使自己成為後院公寓朦朧窗櫺中一個可望不可及的星座。這樣的星座雖然不時對那些被遺棄窗子中的某一扇施與恩惠，但是很多窗子依然漆黑一片，還有一些窗子更是令人哀傷地在傍晚煤氣燈的映照下枯萎。此景使我發現，耶誕節裡的這些窗櫺包含了孤獨、衰老、貧困以及窮人們閉口不提的所有苦難。這時我想起了父母剛剛準備完畢的禮物，懷著只有確知的幸福即將到來時才會有的沉重心情，我才要離開窗口，就感到房間裡陌生的現實。那只不過是一陣風，正在我唇邊湧現的話語便像鼓起的風帆，將一艘垂落的篷帆突然推向清爽的和風中：「年復一年，耶穌到來，降臨人間，與我同在。」隨著話音的消失，剛開始應著詩句顯出形貌來的那位天使也倏然退去。我在空空如也的房間裡沒有再待很久，有人把我叫到對面房間，在那裡，聖誕樹已經輝煌閃耀，那光焰使我感到陌生。當它被拔掉底座扔入雪地或在雨中晶瑩閃爍，節日就在聖誕樹隨著手風琴展開的地方落下了帷幕。

手搖風琴街頭藝人，1897年。

聖誕金字塔。

兩支銅管樂隊

再也不會有像軍樂隊演奏的音樂那樣不合人性、那樣有失典雅的音樂了。擠在動物園附近的咖啡館之間，沿萊斯特林蔭大道[1]向前族擁的人流在軍樂的激勵下熱血沸騰。時至今日我才認識到，這股人流的力量在於何處。對於柏林人來說，沒有比這裡更高等的愛情學校了：環繞這裡的有居住著非洲牛羚和斑馬的沙地，有鳶和兀鷹棲息的禿樹和礁石，有臭烘烘的狼圈，還有鵜鶘和鷺鷥孵化雛鳥的地方。這些動物的嚎叫聲與定音鼓及打擊樂的喧囂聲混成一片。就是在這樣的氛圍中，有個男孩平生第一次一邊假裝與身邊的朋友專心說話，一邊將目光緊盯住一位過路的女人。他如此努力使自己不要從聲調和眼神中被識破眞相，以至於還是未能看清那位過路女子的容貌。更早些年他聽過另一種銅管樂，而這兩種音樂是多麼地迥然不同：現在的這種沉悶而撩人地搖盪在樹蔭和帳篷之間；先前的那種純粹而亮爽，迴蕩在清

1 萊斯特林蔭大道（Laester-allee）：德語的意思是「墮落大街」，這條作者爲寓意而自己命名的大街應是柏林動物園附近的某條林蔭大道。

冷的空氣中，就像在一個薄薄的玻璃罩裡。它從盧梭島（Rousseau-Insel）那邊幽幽飄來，激勵著新湖上的溜冰者溜出各種彎線和弧形。我那時做夢也想像不出這個島名的來歷，也搞不清它複雜的拼寫，但我早就躋身在這些溜冰者的行列。因爲它所在的位置，更因爲它四季都熱熱鬧鬧，所以其他任何冰道都無法與這一個相比。其他冰道在夏天如何了呢？成了網球場。而這裡柳枝低垂的岸邊綿綿延延，同樣是這座湖鑲著畫框，掛在外婆暗暗的飯廳裡等待著我。那時候人們喜歡畫這座湖及其迷宮般的水道。人們在維也納華爾滋的樂聲中滑行穿過那座橋；夏日裡人們也在同一座橋的欄杆邊觀看船隻在幽暗的水面上緩緩駛過。附近有縱橫交錯的小路，尤其還有那些僻靜的避難之地——「大人專用」的長椅。沙坑那裡的圓形廣場呈現出如此景觀：沙坑中央，有的孩子在挖弄沙子，有的呆呆站著，直到有人撞到他或是保母從長凳上喊他。保母在嬰兒車後面，專心致志地看著閒書，幾乎不用抬眼便能管教孩子。那裡還有顯得有些弱不禁風的老漢，他們置身於那些漫不經心的女人和哭叫的嬰兒間，將敬畏生命的認眞——報紙傳送到她們手裡。關於湖岸邊的情況就這些。我在自己由於穿溜冰鞋而變得笨拙的步伐中，還能感到湖面的存在。我經過一陣溜滑之後越過冰面，兩腳重又觸摸到木板地，跌跌撞撞並發出劈聲地走進一間燒著爐火的小屋。爐子邊上有一條長椅，在決定解下冰鞋以前再一次掂掂腳上的重負。等到一條腿斜搭在膝蓋上，而冰鞋鬆開了，這時我們的兩隻腳底就像是長了翅膀，邁著向冰凍大地頻頻點頭的步伐，走出戶外。在回家的路上，小島上的樂聲還繼續陪了我一程。

駝背小人

小時候，我外出散步時總喜歡透過地面上平鋪著的柵欄向裡窺視。如果一個櫥窗的正下方開有一道溝，這樣的柵欄讓我仍然能夠站在上面。這種溝是給位於深處地下室的天窗透氣和透光用的。這樣的天窗與其說是開向露天，還不如說是開向地底深處。我的好奇心由此而生，我透過腳下柵欄的鐵條向下張望，期盼著在這種一半露出地面的地下室裡看到一隻金絲雀、一盞燈或者一位住戶。但並不是每次都能如願以償。如果我白天的期待落空了，那麼到了夜裡，事情就有可能反過來，在夢裡會有目光從地下室向我注視，讓我動彈不得。這種目光是戴著尖帽的地下精靈向我射來的。他們剛使我毛骨悚然，隨即便又消失得無影無蹤了。對我來說，白天那扇天窗下聚集的東西與夜間潛伏在那兒要在夢裡偷襲我的東西並沒有太多的區別。因此當我有一天在《德國兒歌集》中讀到下面的詩句時，我很清楚自己的處境：「我想走下地窖，開桶去把酒倒；那兒站著一個駝背小人，竟把我的酒罐搶跑。」我認識這幫喜歡捉弄人、喜歡惡作劇的傢伙，而且他們以地窖爲家也是不足爲奇的。這是「一幫無賴」。於此我馬上想到很晚還在外面遊蕩，偷小公雞和小母雞的夜賊，想到都在喊叫「天要黑啦」的縫衣針和大頭針。他們夜間所做的這些勾當自然只是爲了取樂，但卻令我討厭。那小矮人所做的與他們如出一轍，而我卻無法進一步了解他，直至今日我才知道怎麼稱呼他。是媽媽最早不經意地向我透露了他的存在。每當我打碎了什麼或將什麼東西掉落在地，媽媽會說：「笨傢伙在向你問候。」現在我終於明白她指的是什麼了，她說的就是那個盯著我看的駝背小人。小矮人如果盯著誰看，誰就會心不在焉，他既不留心自己，也不注意那個小矮人，而是神志恍惚地站在一堆碎片前：「我想走進廚房，給自己做一小碗湯；那兒站著一個駝背小人，竟把我的小鍋打碎。」他出現在哪裡，我在哪裡就會空手而歸。東西卻能不受影響，直到幾年後花園變成了小花園，我的房間變成了小房間，長椅變成了小長椅。它們縮小了，彷彿長出了比小矮人那種還要短的駝背。那個小矮人到處跑在我前面，堵住我的道路。但除此之外他並沒傷害我什麼，只是這個灰灰的看守人不時讓我重新憶起那些幾乎被我遺忘，然而曾經屬於我的東西：「我走進小屋，想吃麥片糊糊；那裡站著一個駝背小人，竟將我的糊糊吃掉一半。」小矮人經常這樣站在那兒。只是我從來沒有見到過他，而他卻總是盯著我，並且我對自己留意得愈少，他就會將我看得愈清楚。我想，傳說中人臨死前眼前快速浮現的「整個世界」是由那小矮人從我們大家獲得的圖景組成的，那圖景就像曾是電影攝影技術前兆的固定小書畫頁一樣在我們面前快速翻過，面對這樣的固定小書只要輕輕一碰，上面的齒輪就會沿著卡齒轉動起來，接著，書頁裡的畫面就會難以分辨地一個接著一個快速閃現。在這樣的畫面連續閃現中就能見出拳擊手出拳時的整個動作，見出游泳者是如何搏擊水浪的。小矮人對我也擁有著同樣的圖景，他無處不盯著我看：在我捉迷藏時藏身的地方，在我佇立的水獺籠子前，在冬日的早晨，在廚房過道的電話機前，在蝴蝶飛舞的布勞豪斯山，在銅管樂中我的冰道上，在針線盒和我的櫃子前，在花園街以及我生病臥床時，在格靈尼克和火車站。現在他雖然已完成了他的使命，但是他的聲音如同煤氣燈罩的嘶嘶響聲，越過世紀的門檻對我輕聲叮嚀：

可愛的小寶寶，

唉，我求求你，

請為駝背小人一起祈禱！

最後稿

哦，那烤得焦黃的勝利紀念碑，
裹著童年日子裡冬日的糖蜜！

序言

一九三二年身居國外的我已開始明白：我可能很快地即將與自己出生的那個城市作長久甚至是永遠的分離。

我多次在內心以爲，疫苗接種過程是有益健康的。即使在這樣的境地我依舊遵循此法，帶著告別的心情喚出心中童年歲月的畫面——那些在流亡歲月中最能激起思鄉之痛的畫面。在這個過程裡，就像接種的疫苗不應主宰健康的身體一樣，這思念的情感同樣也不應主宰我的精神。我努力節制這種情感，旨在從必然的社會的無可挽回性，而不是從偶然性的個人傳記角度去追憶往日的時光。

導致的結果是，比較是呈現經驗之連續性而非經驗之深度的自傳特質，在這個嘗試中完全退居次要。隨之隱去的還有我的家人和兒時玩伴的音容形貌。我努力想捕捉大城市的生活經驗在一個市民階級孩子心中留下的**畫面**。

我想，這些畫面有它們特有的某種命運。它們雖然還沒有像數百年來回憶鄉村童年時對田園情感的傾訴那樣，已有既成的表達形式，但我童年時代的這些大都市畫面卻能憑其內在意蘊預先展示出未來的社會經驗。至少我希望，從這些畫面中可以看出，本文作者在以後的成長中多大程度地失去了他童年時曾擁有過的依護。

迴廊

就像母親將新生嬰兒抱入懷中，卻不曾弄醒他，生活有很長一段時間也是如此對待尚且柔嫩的童年回憶。沒有什麼比那對庭院的一瞥更能激起我內心對童年的回憶了。庭院裡那眾多幽暗的迴廊中，有一個在夏日裡總有遮篷蔭蔽的一塊陰涼地。對我來說，這就是這個城市把新公民放入的那個搖籃。托著上層陽台的卡爾雅蒂德[1]想離開一會兒，爲了到這只搖籃邊唱一首小曲。這支曲子中雖然並未含有對我未來生活的預示，但卻有一句歌詞讓我永遠陶醉在那庭院的空氣中。那空氣中好像還摻雜著卡布利[2]葡萄園的氣息，在園中我摟著情人。正是這充盈著那些畫面和隱喻的空氣主宰著我的思維，就像卡爾雅蒂德在陽台高處主宰著柏林西區的庭院。

有軌電車和拍打地毯的節奏輕搖著睡夢中的我，這些聲響猶如鑄作我

1 卡爾雅蒂德（Karyatide）：西方建築中的女像柱。

2 卡布利（Capri）：義大利南部的一個小島，一九二四班雅明在該島上結識了拉齊絲（Asja Lacis）。

夢境的模子。起初那些夢不成形，也許被滔滔的水流或牛奶的香氣穿透，然後夢像吐絲結網，都是漫漫旅程和潺潺陰雨。春天在灰牆前抽出嫩芽。那年稍晚，當塵埃紛紛的樹冠白天千百次地拂掠屋宇外牆時，枝葉的簌簌聲在向我傳遞著一個當時我還不能領會的寓意，院中的一切對我來說都是某種暗示。綠色捲簾被拉高時所發出的簾片撞擊聲中蘊含著多少深意；當黃昏中百葉窗嘩嘩落下時，我又巧妙地使多少不祥訊息在隆隆聲中不至於被揭開。

庭院中最引起我關注的是那棵樹佇立的地方。那裡並沒有像其他地方那樣鋪滿人行磚，而是被一個大鐵環圈起來，鐵環上布滿密密麻麻的鐵條，將裸露的土壤圍在鐵柵裡面。我覺得這應該不會沒有道理；有時我會幻想，這塊從中長出枝杈的黑色地面下面會是什麼。後來我又把這種冥想推及到出租馬車站。那裡的樹也是這樣植於鐵圈蓋下，而且還被圍上了柵欄。馬車夫們在往人行道上的抽水槽裡灌水飲馬時，就把雨披搭在柵欄上，灌出的水柱沖散了稻草末和燕麥渣。對我來說，這些候車站就像我位於僻遠鄉村的庭院，它的寧靜只會偶爾被進出的車輛打斷。

晾衣服的繩子從陽台的一面牆牽到另一面。棕櫚樹看起來更顯得無家可歸，由於它的故鄉感覺上早已不再是黑色非洲，而是隔壁的沙龍。這就是此地的法則，住戶的夢想曾經圍繞著這個地方打轉。在此地被遺忘之前，藝術偶爾動手將它美化。不多時一盞吊飾悄悄地出現，時而一個銅器，有時又增一只中國瓷瓶。這些骨董雖然並不能爲沙龍這樣的地方增色，但它們和其中固有的古老氣氛還是相吻合的。龐貝古城式的紅在沙龍牆上猶如一條寬帶般延伸，爲沉積在那與世隔絕氛圍中的漫漫時光提供了天然混成的背景。在這些直接通往庭院的幽室中，時間變得蒼老。正因爲如此，我在陽台上遇見的那個上午總是已經上午得太久，以致於它比在其他任何地方都顯得更是它自己。我從未能夠在這裡等候它的到來，總是它早已在那裡等著我。每當我終於在陽台上尋見它時，它已在那裡很久了，而且似乎已經「過時」了。

後來我從鐵路軌道路基上看向那些庭院時重新又發現了一些新的東

西。當我在悶熱的盛夏午後從車廂裡向下眺望它們時，夏天似乎被關進這些院子裡，宣布與外面的景觀脫離關係。而且坐在栽花長槽中頂著紅色花朵的天竺葵，其實還不如早晨拿出來透氣、晾曬在陽台護牆上的紅色床墊與夏天相配。陽台上那些好像繞著藤條或蘆葦的花園鐵椅是供人小坐歇息的。每當晚間陽台上的讀書會開始時，我們就把這些鐵椅拉攏來。煤氣燈的光線從紅綠交映的燈罩裡射在雷克拉姆出版社[3]所出的書上。羅密歐的最後歎息飄過我們的庭院，去找尋茱麗葉墓中早在回應的回音。

從我童年時以來，這些迴廊較之於其他居室沒有什麼大的變化。它們不能住人而令我感到安慰親近。柏林人的居穴到這裡是界線。而柏林——城市精神——的領地從迴廊開始。這個精神在這裡是如此地活靈活現，沒有任何暫時的東西能在它旁邊維持存在。在它的庇護下，空間與時間各得其所並和睦相處，它們都俯首聽命於它。那個曾與它們同處一室的孩子被它們簇擁著，像停留於早就為他準備好的墓穴那樣，逗留在他的迴廊裡。

3 雷克拉姆（Reclam）出版社：一八二八年年由安東・菲利普・雷克拉姆（Anton Philipp Reclam，一八〇七－一八九五）在萊比錫創辦的一家出版社，以出版物美價廉的有關世界文學方面的作品集和學術著作而聞名。

西洋景

西洋景中的轉動畫面尤其吸引人的是，不管你從什麼地方開始看都無關緊要，因爲座位環繞著看板，所以每幅畫面都會經過每個座位。人們通過兩個洞口觀望裡面映現在遠處黯淡背景上的畫面。空位總是有。尤其在我童年的尾聲，當西洋景已經退流行時，人們已習慣在半空的房間裡跟著圖像周遊世界各地。

西洋景裡沒有那種看電影周遊時使人慵慵欲睡的音樂。我倒覺得西洋景裡的那種微弱的、本來有點兒吵人的聲響比電影裡的音樂要好。那是一種鈴聲，每當一幅畫面顫顫地跳離時，會先出現一個空格，以便給下一幅畫面留出位置，那時就會出現幾秒鐘的鈴聲。每當這樣的鈴聲響起時，巍巍山巒從上到下，都市裡那些明淨的窗櫺，火車站裡那泛黃的濃煙，葡萄園裡的每一片藤葉便都浸透了離別的感傷。我確定就這一次無法遍覽那些美景名勝，於是第二天再來看一次這個從不會被實現的意圖興起。就在我還猶豫不決時，木板圍隔的整座攤子晃動了起來，畫片在各自的小框框裡搖晃，準備在我眼前從左側撤退。

這些一度盛行的藝術到了二十世紀就銷聲匿跡了。就其鍾愛者而言，小孩子們是它最後的觀眾。畫面中那遙遠的世界對小孩而言並不一定是陌生的，有時候那遙遠世界引發的渴望指向的並不是陌生之地，而是溫馨的家園。因此，當我有天下午面對那座一眼就望穿的小城埃克斯時要對自己說，米拉波廣場上那梧桐樹遮護下的人行磚不就是我曾經遊戲過的地方嗎？

要是下雨，我便不在門外那五十幅圖片的目錄前停留。我走到放映棚，發現北歐峽灣和椰子樹下的那種光線和晚上我做家庭作業時照亮桌面的燈光是一模一樣的。除非燈源系統突然故障，使得那美妙景觀黯淡無光。這時它寂靜地躺臥於灰色地平線上。即便此時，我只要稍加留意，似乎還是可以聽到其中的風聲和鐘鳴。

勝利紀念碑

它矗立在寬闊的廣場上，就像月曆上被描紅的日期。慶祝完最後一個色當紀念日，人們就應該把它撕下。小時候，一年中要是沒有色當紀念日是無法想像的。在色當戰役結束後就只剩下每年的閱兵式了。因此當一九〇二年「克呂格爾大叔」在波耳戰爭失敗後，坐著車行進在陶恩特欽恩大街時，我與家庭女教師一起站在前去瞻仰的人群裡，這位頭戴大禮帽、靠在軟墊上的先生，曾「指揮了一場戰爭」。大家都這麼說。但我當時覺得這個偉大似乎並不是無懈可擊的；如果這個人「指揮了」一頭犀牛或是一頭單峰駱駝而名聲遠揚，那又會是怎樣？再說色當戰役之後還能有什麼偉業出現呢？隨著法國人戰敗，世界歷史像是沉入了它輝煌的墓穴中，這勝利紀念碑就成了豎立其上的墓碑。

我小學三年級的時候曾登上那寬寬的、通向紀念碑上統領「勝利大街」

的君主們的台階。那時，我關注的只是被加冠在大理石紀念碑背面兩旁的兩位隨從。他們的位置比其主治者低一些，因此可以很方便地讓人盡收眼底。我最喜歡的是那位右手戴著手套托著大教堂的主教。我那時用積木搭的教堂已經比這個還要大。從此以後，我每次看到聖女卡特琳娜的雕像時，沒有一次不去看一下她的輪子；看到聖女芭芭拉時，沒有一次不去注意一下她的塔樓。

有人曾向我解釋過勝利紀念碑上雕飾物的由來。但我沒有完全明白那些做爲飾物的砲筒究竟意味著什麼：是法國人當初推著用金子做的大砲進入了戰場？還是我們用從他們那裡拿來的金子做成了這些大砲？勝利紀念碑的基座由一條可在上行走的圓形迴廊組成。我從未踏進過這個被牆上濕壁畫上反射出的金色微光充溢的迴廊。我擔心那裡的一些畫面會使我想起曾在大姨媽家沙龍裡見到過的那本書裡的圖片。那是一部但丁《地獄》的精裝圖本。我感到輝煌業績在迴廊裡閃爍的英雄們和在寂靜中猶如被颶風抽打、被樹樁碾得血肉淋漓、被大塊冰山凍住、在昏暗的坑道裡受罰的那幫人是一樣的。因此這個迴廊其實就是地獄，是對紀念碑頂上光彩奪目的勝利女神周圍受到恩寵的那群人的反襯。有時候迴廊上會站立著一些參觀者。在天空的襯托下，我覺得他們就像我貼畫本裡描上黑框的人物。做完建築模型之後，我不是拿著剪刀和膠水將那些小人偶貼到大門、壁龕和窗沿上？迴廊上那些站在光線裡的人就是這種興之所至的產物。永恆的星期天圍繞著他們。或者這是一個永遠不會過去的色當紀念日？

電話機

不知是由於電話機的構造，還是由於記憶的緣故——可以肯定的是，在記憶中的餘音裡，最初幾通電話裡的聲音聽起來和今天的就是不一樣。那是一種夜晚的聲響，沒有繆斯爲它報信。發出這種聲音的夜就是萬物誕生之前的那個夜。蘊藏在電話機裡的聲音是一個新生兒。電話機是與我同日同時生的孿生兄弟。我親身經歷了它在最初幾年是如何慢慢脫離怠慢的。後來，當水晶吊燈、壁爐屏風、棕櫚盆栽、靠牆長桌、圓形茶几和凸肚窗護欄這類曾在客廳裡稱雄的東西早已毀朽和銷聲匿跡後，電話機猶如傳說中才有的英雄，本被流放山谷，冷落在陰暗的過道，現在帝王般地遷入年輕一代人居住的光線充足而明亮的房間。電話機成爲年輕人寂寞中的安慰。不再有希望、想要告別這個惡劣世界的人，電話帶給他們最後一絲希望的光芒。被離棄的人與它分享床褥。當初電話機被流放的刺耳聲音，現在由於大家對它的依戀而變得柔和了。

許多使用電話機的人並不知道它剛出現時曾在家庭中造成了多大的災難。兩點至四點間，當又有同學想與我談話時，電話鈴一響，簡直就像是警報聲，它不單單騷擾了我父母的午休，而且還使他們所屬的那個時代受到了威脅。對此，父親與有關管理機構看法不一的情況常常發生，更何況是對投訴機構破口大罵大發脾氣。而最令父親達到發洩高潮的，是那個被他搖動幾分鐘之久，令他忘乎所以的電話機手柄。這時候他的手就像一個處於迷狂狀態的穆斯林那樣無法控制。我心驚肉跳，我肯定，此時電話機那頭粗枝大葉的女話務員會受到被手柄搖出的電流擊倒的懲罰。

那個時候電話機受壓抑和排斥地被掛在過道深處不起眼的角落裡，一邊是擺放髒衣服的箱子，一邊是煤氣表。從那裡響起的電話鈴聲將柏林市公寓內本來該受到的驚嚇放大了好幾倍。每當我好不容易說服自己，爲結束那急促難忍的鈴聲而摸索著穿過暗黑的過道，拿下那兩個像啞鈴那麼重的聽筒，將頭埋進去時，我便毫無選擇地只能聽任話筒裡那個聲音的擺布了。沒有任何東西可以削減話筒裡這個聲音對我的暴力侵犯。我無能地痛苦著，任它摧毀我所知覺的時間、計畫以及義務。就像對由彼岸傳來被附體的聲音俯首聽命，我也完全聽從了電話機那頭向我發出的第一個最佳建議。

捉蝴蝶

在我還沒上小學的時候，我們每年都會去郊外的夏季別墅住上一段時間，如果和偶爾的夏季出遊不衝突的話。以後很長一段時間裡，我少年臥室牆上那個存放還是新手時蒐集的、空間寬大的蝴蝶標本框還讓我想起那些別墅。那些標本中最早的幾隻是我在釀酒山莊的花園裡採集的。邊部已經碰壞的甘藍菜白粉蝶和翅膀有點亮過頭的黃翅蝶，使我回到了那令人興奮不已的捕獵日子。那時候爲了捕獵飛舞的蝴蝶，我經常不知不覺地從整齊的花園小徑誤入荒野，迷醉在鼓勵蝴蝶飛舞的清風與花香、樹葉與陽光中。

蝴蝶撲簌撲簌地飛向一枝花朵，停在上面。我舉起捕蝶網，只等花朵的魅力對蝴蝶雙翅發揮殆盡，那柔嫩的小身軀卻輕輕拍動翅膀從側面溜走，同樣無動於衷地遮蔽在另一枝花朵上面，然後又像剛才一樣，不碰一碰那朵花就突然飛去。每當這些我本來可以輕易抓到的紅蛺蝶或紅節天蛾用猶豫不定、拿不定主意和稍許逗留來捉弄我時，我眞想讓自己隱身於光和空氣中，以便能不被察覺地靠近那獵物，將牠擒獲。後來，我的這個願望是這樣付諸實現的：我讓自己隨著我所迷戀的那對翅膀的每次舞動或搖擺而起伏。那個古老的獵人格言開始在我們之間起作用：我愈是將自己每一根肌肉纖維調動起來去貼近那小動物，愈是在內心將自己幻化爲一隻蝴蝶，那蝴蝶的一起一落就愈近似人類的一舉一動，到最後，彷彿唯有擒獲這隻蝴蝶，我才得以返歸人形。終於抓住了蝴蝶以後，要從興奮的捕獵之地回到看到乙醚、藥棉、彩色大頭針和鑷子裝在採集標本工具箱的大本營，是一條很艱難的路，而我身後的那個獵場是多麼地狼藉不堪！草被踩平，花被踐踏，獵人自己也將身體連同捕蝶網一起拋在身後。面對如此的破壞、野蠻和粗暴，受驚的蝴蝶顫抖著，卻依然優雅地躲在網中一個褶裡。在這艱難的路上，那些死去生物的靈魂進入了獵人意識之中。蝴蝶與花在他眼前交流所使用的那個陌生語言，他領悟了一些。他的殺生欲望減退，而他的信念則相對地擴充。

那隻蝴蝶當時飛舞其中的空氣今天全被一個幾十年來再沒有聽誰提起過，我自己也從未說出的詞浸透。它保留了一些深沉的東西，正是這個深沉讓孩提時代的一些名字在成年時仍保留了味道。對這些名字長時間的沉默使它們變得神聖了。因此，這個名字巍巍顫顫地穿透滿是蝴蝶的空氣飄忽著：布勞豪斯山（Brauhausberg）。位於波茨坦邊上的釀酒山山上有我家的夏季別墅。但這個名字已失去它原有的一切吸引力，當年山上的釀酒場今天已徹底沒了蹤影，如今，它頂多是一座被藍天籠罩的山丘，每到夏天才聳立起來，便於我和父母居住。因此，我童年時代的波茨坦空氣是如此地藍，好像飛舞其中的悲衣蝶、紅蛺蝶、孔雀蛺蝶和粉蝶被散布在一只利摩吉城的景泰藍碟上，在碟子上深藍底色的耶路撒冷平屋頂和城牆映襯而出。

動物花園

對一座城市不熟，說明不了什麼。但在一座城市中迷失方向，就像在森林中迷失那樣，就需要學習。在此，街巷名稱對迷失者來說聽上去必須像林中乾枯嫩枝發出的響聲那樣清脆，而城市深處的小巷必須像峽谷那樣清楚地映現每天的時辰。這樣的藝術我很晚才學會，它實現了我的夢想，這個夢想最初的印跡是我塗在練習簿吸墨紙上的迷宮。不，它們不是，因爲在它們之前還有一個比它們延續更久的。這個迷宮裡的路不缺阿里阿德涅，跨過本德樂橋，緩緩的橋拱是我的第一座「山坡」。離「山腳」不遠的地方是我的目的地：弗里德里希．威廉國王和路易絲王后。站在圓形基座上他們聳立於花圃間，猶如被他們身前沙地上擁有魔力曲線的噴泉緊緊吸引。比起兩位統治者，我更關注他們的底座，因爲底座上發生的事離我更近，雖然我那時還不清楚這些事的來龍去脈。我早就從它那寬大、看不出有任何特殊之處而平庸無比的前廣場上，看出這個迷園肯定有一些非同尋常的東西，而且這個離那條走豪華馬車和出租馬車的林蔭大道僅幾步之遙的前廣場，正是這座花園最奇妙的部分所在。

對此我很早就有預感。那個阿里阿德涅一定曾在這裡或距此不遠的地方待過，在那兒附近我首次體悟到後來才得以訴諸言語的東西：愛。可惜，在它的源頭出現的那位「小姐」，她以冷冷的陰影籠罩著它。這就是這座公園，對孩子們來說沒有任何其他公園比它開放，即使它對我用一些難以理解、無從入手的東西隱去真正的面容。池塘裡的各色金魚，兒時的我很少能夠加以辨識。「宮廷獵手大街」這樣的名字我本以爲很有意思，而結果卻讓我大失所望。多少次，我徒勞地尋找那片有一座如同七彩積木箱般有紅、白、藍色尖頂的小賣部的灌木叢。每當路易．菲迪南（Louis Ferdinand）王子雕像下的第一叢藏紅花和水仙花開放時，我對王子的愛總是無怨無悔地隨著每個春天的到來而返回。一條小溪將我和花叢隔開，使得它們對我來說顯得如此地可望而不可及，彷彿立於一頂玻璃罩下。高貴必由美中根生而出。我終於明白，爲什麼去世前一直坐在我鄰桌的路伊絲・馮・藍島（Luise von Landau）必須住在那片長著鮮花被運河流水滋潤著的小小野草地對面的綠茨福河岸。

後來我又發現了一些新角落；也從別人那裡懂得了不少東西。但沒有一個女孩，沒有一次經歷，也沒有一本書能夠告訴我這些新東西。所以當三十年後一位熟悉柏林、號稱「柏林老農」的朋友和我一樣長時間地遠離這座城市之後回歸故里時，在他引領下，我們沿小道穿行於這個花園，將沉默的種子撒滿小徑。他在前面走上陡峭的小路，小路愈來愈陡。這路即便還不會將我們引向「眾生之母」，但肯定會引向這座園林的「花園之母」。「老農」踏過瀝青路，腳步激起陣陣回響。我們走過的石子路上煤氣路燈照射的燈光顯得暗黑而迷迷濛濛。公園別墅那窄小的階梯、柱式前廳、雕飾花紋以及柱頂過梁——首次被我們逐一按照專業術語加以辨認。尤其那樓梯間，裡面的窗玻璃還是老樣子，雖然起居室變化已經很大。我至今還記得放學後爬樓梯中途停下喘息時，填補我心跳間隙的那些詩句。它們從畫著一個女人手握花環、像西斯廷聖母一樣飄逸地從壁龕走出的窗玻璃上朦朧地沁入我的眼簾。用拇指勾著書包帶我把書包甩到肩後，邊喘氣邊念：「勞動是公民的光榮，幸福是辛苦的酬勞。」樓下的大門「唉」一聲嘆息地掩上，彷彿鬼魂沉入墳中，歸返古堡。外面可能下著雨。一扇彩色窗櫺敞開著，那階梯隨著雨點的節拍繼續往上延伸。

在曾注視過我的卡爾雅蒂德和阿德蘭特、小天使塑像和果樹女神之中，現在離我最近的是那些積滿塵埃的守門神，祂們守護著入世之門或是尋常的門庭。祂們將等待看作是自己的使命。不管等待的是一個陌生人、是眾神的重歸，還是三十年前那個背著書包從祂們腳邊溜過的小孩，都一如既往。因爲這些雕像柏林的老西區成了古代希臘。從那裡來的西風迎向蘭德維爾運河裡的水手，船上滿載赫斯佩里登蘋果沿著運河慢慢駛來，泊在赫拉克勒斯橋邊上。再一次，彷彿童年時期，多頭蛇怪和非洲猛獅（der Nemeische Löwe）安坐在圍住勝利碑紀念廣場的荒叢中。

遲到

學校內院裡的那只鐘看上去由於我的緣故被損壞了，它停在「遲到」上。我輕手輕腳經過的走廊上，從一些教室門後傳來支持我的喃喃聲。門後這些教師和學生都是朋友。或者一切保持沉默，彷彿預知有個人會出現。我沒發出一絲聲響地扭動了門把手，陽光直射到我站著的那個地方。我走了進去，隨之也打破了我那寧靜的時光。裡面好像沒人認識我，甚至也沒人曾見過我。就像魔鬼抽去了彼得．施勒米爾[1]的影子一樣，老師在這堂課開始的時候就把我的名字沒收了。整整一堂課都沒有輪到我發言。我不出聲地與其他人一同學習，直到下課鈴響。但是鈴聲並未給我任何好祝福。

1 彼得．施勒米爾（Peter Schlemihl）：德國詩人、小說家沙彌索（A. v. Chamisso，一七八一－一八三八）著名小說《彼得．施勒米爾美妙無比的經歷》中將自己的影子出賣的人。從此該名字成了遭遇「不幸」或「厄運」之人的代名詞。

少年讀物

從學校圖書館裡我得到了最心愛的書，它們是分發給低年級學生的。班主任喊到我名字以後，那本我要的書就踏上了越過一張張課桌走向我的旅程：一個同學將它傳給另一個，或者它會越過同學們的頭頂被交到出聲應答的我手中。曾翻閱過它們的手在書頁上留下了印跡，收束書脊裝訂線的繩線襲起於書脊上下兩端也都髒兮兮的。尤其是書脊顯然忍受了許多粗魯的使用，因此封面和封底無法對在一起了，書的切面歪斜著，形成了一層層小階梯和平台。有些書頁上還掛有細細的網線，宛如樹枝間晚夏的遊絲。在初學閱讀的時候，我曾把自己編織其中。

書被放在一張過高的桌子上。閱讀的時候，我堵上兩隻耳朵。這種無聲的敘說我何嘗未曾聆聽過？當然不是聽父親說話。我冬天站在暖意濃濃的臥室窗邊，外面的暴風雪有時會這樣向我無聲地敘說，雖然我根本不可能完全聽懂這敘說的內容，因爲新雪片太迅速而密密地蓋住了舊雪片。我還未及和一團雪片好好親近，就發現另一團已突然闖入其中，以致它不得不悄然退去。可是現在時機到了，我可以透過閱讀那密密聚在一起的文字去尋回當初我在窗邊無以聽清的故事。我在書中遇見的遙遠異邦，就像雪片一樣親昵地交互嬉戲。而且因爲當雪花飄落時，遠方不再向遠方去，而是進到了心裡，所以巴比倫和巴格達，阿庫[1]和阿拉斯加，特羅姆瑟[2]和特蘭斯瓦爾[3]便都在我的心裡。柔和的濃霧繚繞這些城池，其中的流血和驚險無可抗拒地阿諛奉承我的心，以致我對這些被翻破的書本永遠忠心耿耿。

或許我還忠心於那些更破舊、已無法再見的書籍？也就是那些我僅在夢中見過一次的美妙無比的書籍？這幾本書叫什麼名字？我除了它們已失蹤許久和再也無法找到之外，便一無所知。而夢中，它們靜躺在一個櫃子裡，醒來之後我不得不承認，這個櫃子是我從未見過的。可是在夢中我們就像是老相識。這些書不是豎立著，而是平躺在櫃子裡

1 阿庫（Akko）：以色列北部的一座城市，曾是巴勒斯坦重要的港口城市。

2 特羅姆瑟（Tromsoe）：挪威北部的一座港口城市。

3 特蘭斯瓦爾（Transvaal）：南非的一個省份。

一個天氣惡劣的角落。書本裡雷雨交加。隨意打開一本，我便會被帶入一個封閉的世界，那裡變化多端、模糊幽暗的文字正在形成孕育著紛繁色彩的雲朵。這些色彩翻騰著，變幻不定。最後，它們總是變成一種宛如被宰殺後動物內臟顏色的紫色。那些書的名字與這種不被重視的紫色一樣不可名狀和意味深長。我覺得，它們一本比一本離奇，一本比一本親切。可是，就在得以拿到那本最好的之前，我醒了，還沒來得及觸摸一下那幾本舊舊的少年讀物，哪怕是在夢中。

冬日的早晨

每個人都有一個可以實現你的願望的仙女，只是很少人還記得他曾許過的願；因此，日後生活中也只有很少人會察覺到這些願望已經實現。我記得自己那個被成全了的願望，我的意思不是想說它比童話裡的孩子所許的願更聰明。冬天，清晨六點半，當燈光向我床頭移來，女傭的身影被投射到天花板上時，這個願望便出現在我心頭。壁爐裡燃起了火。那火很快地就像被擠在一個過小的匣子裡，被煤塊擠得無法動彈似地朝我這裡望來。這個就在我身邊的小匣子雖然比我矮小，但正在形成壯觀的火焰，而女傭伺候它時則必須比對我時腰彎得更低。這些事做完後，女傭就將一只蘋果放進爐膛裡烤。很快爐門柵欄的影子就被跳動的紅色火焰映射在樓板上。我的倦意覺得有這樣的畫面這一天已經別無它求了。這個時刻都是如此，唯有女傭的聲音打攪了冬日早晨讓我與臥室內物件的親近過程。百葉窗還沒有被拉起，我已經急不可耐地把爐門的插銷拉開，想看爐膛裡的那只蘋果怎樣了。有時候蘋果的香味還絲毫沒起變化。於是我就耐心地等著，直至我覺得已嗅到那來自比聖誕夜樹木的芳香更深、更隱匿的冬天角落的泡沫香氣。那只蘋果，焦黃溫暖的果肉就躺在那裡，雖然熟悉但還是變了個樣子，猶如一個做了長途旅行之後回到我身邊的好友。那是穿過爐火熱氣漆黑大地之旅，這爐火將我一天所能遭遇的所有香氣都浸染在這只蘋果中。因此，每當我捧著那只兩頰發亮的蘋果而手心感到暖烘烘時，總是遲疑地不願咬下去，也就不足爲奇了。我感到，蘋果的香氣裡含有著隱隱的訊息，一旦咬下去，它太容易從我的舌尖溜走了。這個訊息有時還會久久地勉勵我，甚至在去學校的路上還會給我慰藉。到了學校，似乎已經消失的疲倦在我碰到書桌時自然加倍地向我襲來，隨之而來的是這樣的願望：要好好睡個夠。我應該已千百次地許過這個願，而且這個願望後來眞的實現了。但是經過了很長時間，直到對能有個工作、有個固定收入的希望總是落空時，我才意識到這一點。

斯德格里茲爾街與根蒂納爾街交匯處的街角

那時，每個人的童年中都會出現這樣的姨媽形象，她們已經不再離開自己的房子了，每次我們和媽媽一起去看她們時，她們總是已經等候在那裡，總是戴著同一頂黑色小帽，穿同一件眞絲衣裳，總是坐在同一把靠椅上，從同一扇三角窗裡向我們示意。就像仙女無須落下就能使整座山谷映現她的身影，無須親臨戰陣就能統轄整個街區一樣。雷曼（Lehmann）姨媽就屬於這樣的人。雷曼這個本分的北德姓氏使得她可以當之無愧地一輩子固守在這座高懸於斯德格里茲爾街與根蒂納爾街交匯處的凸肚樓上。這個街角屬於幾乎沒有被三十年來城市變遷波及的那一種。只是在此期間，街角那張對於當時還是孩子的我籠罩著的面紗已經落下：那時我沒有將這條街讀作斯德格里茲爾，而是叫成「金翅雀」。而雷曼姨媽不正像一隻會說話的鳥兒住在她的籠子裡嗎？

每當我走進這個籠子時，裡面往往已經充滿了那隻黑色小鳥嘰嘰喳喳的聲音，她曾經飛遍了自己家族分布在各地的所有巢穴和農莊，將農莊和家族的名稱——當時兩種名稱往往完全相同——都記在腦中。姨媽熟知遜弗利斯、拉維策爾、蘭茲貝爾格、林登海姆還有斯達加德這些家族之間的姻屬關係、居住地點以及吉凶大事。這些家族過去曾以牲口和穀物貿易爲業居住在麥爾克斯和麥克倫堡地區。現在他們的兒子，或許已經是他們的孫子則定居在街道以普魯士將軍或者有時也以居民們所來自的小城命名的柏林老西區。當我很多年以後坐著快速列車從這些偏僻的小城急速穿過時，我常常從鐵路路基這邊朝那些小屋、庭院、穀倉以及山牆望去，並且問自己：我小時候去探望的那些老姨媽，她們的父母輩當年所擺脫的或許正是這些東西的陰影嗎？

那裡，一個沙啞而有點含糊不清的纖細嗓音在向我問好。然而對我來說，沒有任何問好的嗓音像雷曼姨媽的聲音那般細膩，那般沁入我心田。我還沒有跨進門檻，姨媽就開始忙忙碌碌地招呼人將一個大大的玻璃箱子放在我面前，箱子裡非常逼眞地裝著一整座礦山，裡面的小學徒、礦工和工頭推著小車、提著榔頭和礦燈完全隨著鐘擺的節奏在走動。這種玩具——如果可以這樣稱呼它的話——來自那個富裕市民家庭的孩子還會對勞動場域和機器感興趣的年代。在那時的所有玩具中，礦山一直是最受喜愛的，因爲在那裡不但可以找到讓人忘記挖掘辛勞的寶藏，而且還可以引發那種與血脈相連的凝神關注，即畢德麥雅派中的讓．保羅、諾瓦利斯、蒂克和維爾納對之著火入迷的那種自然激情。

這種有凸肚樓的公寓就像貯存寶藏的房間那樣必須是兩進的。進了樓房大門，走道左邊裝有門鈴的便是公寓暗色的門。門在我面前打開後，是一座陡得讓人心驚膽戰的樓梯通往上面，這樣的樓梯我後來只有在農舍中見過。從上面射下的煤氣燈幽暗光線中站著一個老女傭，在她的保護下我跨過通向這個昏暗公寓走廊的第二道門檻。要是沒有這位老女傭，眞是無法想像如何在這樣的公寓裡居住。由於這樣的老女傭和主人共同擁有雖然緘默卻寶貴的回憶，所以她們互相間的領會並不僅止於語詞，她們在陌生人面前也懂得體面地代表她們的主人。

在我面前尤其容易，她常常比她的主人更清楚如何款待我。因此我一再地用欽佩的眼光看著她。一般情況下，她們都比主人更結實敦厚，有時候我覺得，那間擺著礦山玩具和巧克力的沙龍甚至還沒有這間前廳有意思。前廳裡老女傭總是在我進門時把我的大衣如釋重負地脫下，在我走時又像爲我祝福似的把那頂帽子扣到我腦門上。

兩幅謎一般的景象

在我收藏的明信片中，有幾張寫了字的那面比圖像更深刻地攫住我的記憶。它們上面留有優美而清晰的簽名：海倫娜·普法勒（Helene Pufahl）。這是我女教師的名字。名字開頭的字母P意指義務（Pflicht）、準時（Pünktlichkeit）和成績優秀（Primus）；f是聽話（folgsam）、勤奮（fleißig）和完美無缺（fehlerfrei）的意思；至於最後那個字母l則意味著宛如羔羊般虔誠溫順（lammfromm）、值得頌揚（lobenswert）以及好學不倦（lernbegierig）。如果這個簽名如閃米特語那樣完全由輔音組成的話，那麼它不僅會成爲完美書法的標誌，而且也會成爲一切美德的根源所在。

普法勒小姐班上的男孩和女孩都來自柏林西區最富裕的市民家庭。但是對有些個例並不那麼計較，因而有一個貴族子女誤入班中。她的名字叫路伊絲·馮·藍島，這個名字不久便吸引住了我。直至今日這種魔力還依然如故，但那不是異性間的吸引力，而是因爲這個名字是我聽到的同齡人中第一個落上死亡重音的名字，那是在我離開這個班進入中學一年級之後的事。如今，每當我來到綠茨福河岸時，總禁不住用眼光去搜尋她住過的那座樓。它恰巧與河對岸的一個小花園相對，那花園一直垂向水中。隨著時間的推移，我如此深深地將花園與那個吸引我的名字編織在一起，以致我最終深信不疑地將對面這個不可企及的花壇當作那個死去小女孩的虛墳。

取代普法勒小姐的是科諾赫先生。那時我已經開始上小學了，課堂裡發生的事大都讓我反感。但是科諾赫先生一直留在我記憶裡的，不是懲罰學生的時候，而是他在預示未來會發生的事時。當時我們有歌唱課，練習的是《瓦倫斯坦》中的《騎士之歌》：「上吧，戰友們，讓我們跨上戰馬，讓我們跨上戰馬！衝向戰場，奔向自由。戰場上，男子漢價值無量；戰場上，他們的心尚需被掂出分量。」科諾赫先生問班上的同學最後一句的含意應該是什麼。當然沒人能回答。科諾赫先生似乎並不介意，他解釋道：「等你們長大了就會明白。」

那時候，成人世界的河岸是隔著漫漫歲月之河的彼岸，對於當時的我是那麼地遙不可及，就像運河對岸那個朝我這邊張望的花圃，小時候保母小姐攙著我的手在河邊散步時，我從未踏進去過。後來，沒有人再來指定我的道路後，而我也已經明白了那首《騎士之歌》的含意時，有時我會靠得很近地走過蘭德維爾運河邊那個花圃。但是裡面的花好像開得比以前少了，而且那個我曾經與它一起牢記在心的名字，它已經不再記得了，就像《騎士之歌》中的歌詞，由於我現在懂了它也就不再含有當時科諾赫先生在歌唱課上曾向我們預示的含意。那塊空空如也的墓地和那顆親切的心——兩幅謎一般的景象，至今生活還沒有向我解出它們的謎底。

農貿市場

聽到Markthalle這個詞人們首先想到的並不是農貿－市場（Markt-Halle）。不，那時有人將這個詞念作「塔樂－邊區」（Mark-Thalle）。就像基於不同發音習慣這個複合詞往往被讀出不同含意而使之在任何情況下都失去其原有的意思一樣，在我穿越這個市場的習慣方式中，該市場所有通常的畫面也變得模糊不清，以致它不再具有原來買和賣的含意。在推開那扇緊緊的、稍馳即收的彈簧拉門穿過前廳之後，映入眼簾的首先是被養魚水和沖洗水弄得又濕又滑的瓷磚地面，走在上面很容易不小心一滑就踩到胡蘿蔔或萵苣葉。在編了號的鐵棚屋後面端坐著那些胖得步履艱難的售貨女人，她們是掌管可買賣物品的女祭司，兜售各種田裡長的和樹上結的果實，各種可以吃的鳥類、魚類和哺乳類動物，也是拉皮條的女人。這些被絨線裹著的大塊頭神祕莫測地在售貨棚之間相互交流著。不管是透過大鈕釦閃出的光線，透過拍打圍裙發出的聲響，還是透過伴隨著胸脯起伏的歎氣聲。她們裙沿下在翻騰、簇擁著的不正是眞正肥沃的土壤嗎？那些野果、硬殼動物、蘑菇、大塊大塊的肉和一堆堆白菜之類的商品，不正是某個市場守護神親自投入她們懷中的嗎？她們一邊不動聲色地心繫著這些被託付給她們的商品，一邊又漫不經心地或是靠在木桶上或是將鏈子鬆弛的貨秤夾在兩膝之間，默默地審視著一批批走過的家庭主婦們，這些主婦提著滿滿的網兜或口袋，艱難地指示著走在身前的小孩穿過又滑又臭的小道。

發高燒

每次一開始生病我就又學到，那倒楣的病是以多麼穩健的節奏，多麼小心翼翼而且手段高明地侵入我體內。它從不願招搖過市。開始的時候只是皮膚上起一些斑點，伴有一些噁心的感覺。疾病好像已經習慣了等待，直到醫生爲它準備好了營寨。醫生來了，仔細看了看我，告誡大家重要的是讓我臥床休息等候病情的變化。他禁止我閱讀，而我本來就還有更重要的事要做。趁著還有時間而且腦子也還沒有混亂不清，我開始把將會發生的事在腦中過一遍。我用目光估量著床及門之間的距離，問自己，還有多久我可以憑藉呼喚越過這段距離。我在想像中看見了那支邊緣帶著母親請求的勺子，它先輕巧地接近了我的嘴唇，後來才原形畢露，把苦澀的藥水猛地倒入我的喉中。就像喝得醉醺醺的人用數數和思考問題來驗證自己還算清醒一樣，我也數著陽光映照在我房間天花板上搖曳的光圈，把牆紙上的菱形圖案不斷地重新歸類編組。

我小時候常常生病，別人說我很有耐心可能由此而來。其實這並不是什麼美德，我只是喜歡遠遠地看著我所關注的那一切漸漸來臨，就像我在病床上慢慢等待一切的來臨一樣。因此，如果不能在火車站長時間地等待火車的到來，那麼旅行對我來說似乎也就缺少了最大的樂趣。出於同樣的原因，我也熱中於贈送禮物，因爲做爲送禮者我可以早早地就預見到對方的驚喜。是的，我內心有一種用等待來面對即將來臨事物的需要，就像病人靠著背後的枕頭來面對即將發生的事一樣。正是這種需要使得後來讓我等得沉靜和長久的那些女人對我來說，就越發顯得美麗。

我的床，這個本來最孤寂和清靜的地方，現在受到了大家的重視和關注。很長一段時間裡，它不再是我夜間那些隱祕活動的場所：比如看閒書和玩蠟燭。這段時間裡，我每夜偷偷讀完後用最後一點力氣藏到枕頭底下的那本書不在那裡了，「熔岩流」和使蠟燭硬脂熔化的小火源在這幾星期中也沒有了。是的，生病也許歸根結柢只不過奪去了我那無聲而緊張的遊戲，這種遊戲對我來說無不充滿了隱祕的恐懼——預示了日後的恐懼，伴隨著同樣的遊戲，在同樣的黑夜邊緣。疾病非來不可，好讓我的良心得到潔淨。它是如此清新，就像每晚掀開床鋪後等著我的那塊沒有一絲皺褶的床單那樣潔淨。通常都是媽媽爲我鋪床。我躺在長沙發上看著她怎樣將枕頭和被子抖了抖，想著那些先幫我洗浴，然後又將晚餐放在瓷托盤上端到我床邊的夜晚。從瓷托盤漆面下畫著野覆盆子枝葉群中鑽出一個女人，費力地迎風舉著一面大旗，上面有這樣一句銘言：「走到東，走到西，來到家裡最歡喜。」對這樣的晚餐和覆盆子枝藤的記憶由於身體不再欲想食物而令我更感愉悅。不思茶飯的身體卻特別渴望聽故事。故事中洶湧的激流席捲過整個身體，將疾病像河中的飄浮物一樣帶走。病痛宛如一座堤壩，對故事的講述只在開始時有能力抵抗。後來，故事的力量愈來愈強大，堤壩便被推倒，被沖到了遺忘的深淵中。撫摸爲這股激流開出了河道。我深愛撫摸，因爲從媽媽手中潺潺流出的，是我隨後就能聽到的故事。從這些故事中我獲得了一些對祖先的了解。人們一個勁兒地向我講述某位祖先的生平故事或一位祖父的生活條規，彷彿要由此讓我明白：放棄這個與生俱來的世家王牌而早早死去太過於倉卒。媽媽每天兩次來檢查我離死亡已經有多近。她小心翼翼地拿著體溫表走到窗前或燈下，彷彿我的生命就裝在那只小細管裡。後來我漸漸長大，對於我來說，解讀出身體中的靈魂所在並不比讀出那根我肉眼難以看清的細管中生命之線的刻度更加困難。

量體溫著實要折騰一番。量完以後我最想做的事就是一人獨處，以便跟枕頭嬉戲。在還不清楚什麼是山脈和丘陵的時候，我對枕頭上的峰岩已經很熟悉了。我其實與造就山脈和丘陵的力量共謀。就這樣，有時我讓峰岩下面出現一個洞穴。我爬進去，將被子蒙在頭上，把耳朵湊向黑乎乎的洞口，偶爾把幾句話語投入那片寧靜，這些話語從寧靜中返回時變成了故事。偶爾手指也加入，自行排演一場戲；或是一起組成「百貨商店」，在由兩個中指扮演的櫃檯後面，兩個小拇指向我自己扮演的顧客殷勤地點著頭。但是，我的興致愈來愈小，我也愈來愈無心監督手指的遊戲，最後，我幾乎不帶任何好奇地注視著手指的所作所爲。它們就像一群懶散而可惡的社會渣滓，在城市發生火災時趁火打劫。這幫傢伙完全不可相信。他們雖然天眞無邪地結了盟，但不能保證這兩群人不會又悄無聲息地各奔東西，如同他們悄悄地聚在一起一樣。而他們各自走的，有時是禁止通行的路，在路的盡頭，甜蜜的歇息讓人望見誘人的幻影，那幻影在火光中搖曳，火光就在閉上的眼簾後面。雖然我竭盡了努力或百般用心，還是無法使這放著我床榻的房間與外面的家庭生活完完全全銜接上。我必須等到晚上。那時候，煤油燈在門被打開之後將它的弧形光圈搖搖晃晃地掠過門檻向我移來，這時，彷彿那個攪動白晝時光的金色生命之球像進到一個偏遠的角落那樣，第一次找到了進入我這個斗室的路徑。在夜晚還沒有在我這兒使自己安歇妥當之前，對我來說新的生活已經開始了。這時候，發熱的體溫在燈光下一刻比一刻高。單憑我躺著這一點就使我從這光線中得到了一個別人沒有那麼快就能得到的好處：我利用我的靜臥和床與牆之間較近的距離，用手影圖案向那道光線表示歡迎。這樣，我手指所做的那些遊戲現在更加飄忽不定、更加壯觀、更加難以接近地重現在壁紙上。我的遊戲書裡這樣寫道：「不要害怕夜間的影子，快樂的孩子利用它來做有趣的遊戲。」接著是一些配有豐富圖案的遊戲指南：教人們如何在床邊的牆上投射出北山羊、擲彈者、天鵝和兔子的影像。而我自己除了會做張開的狼嘴巴以外其他都不會。只是這隻狼的嘴巴如此之大又像裂縫，以至於我不得不把它當作了芬利斯狼，我讓牠成爲世界的毀滅者在房間裡活動，就在這個房間裡，別人認爲兒童疾病沒有占有我的權利。有一天病退了。即將來臨的康復如同分娩一般，鬆開了之前被高燒拉緊而作痛的全身關節。傭人愈來愈經常地替代媽媽來照顧我。一天早上，虛弱的我在間斷了很長時間之後，重新又聽到從窗外闖入的拍打地毯的聲音，這種敲擊聲對那個孩子來說比戀人的聲音對於一個男人更沁入心脾。這種拍打地毯的聲音是社會底層人，即那些眞正成年人專有的發聲，它從不會突然中止，總是專注於那件事；有時候它不慌不忙，慵懶無力地恭候任何人的吩咐；有時候它又陷入一種無法解釋的狂奔，就像人們匆忙地躲避暴雨。

疾病就像悄然到來一樣又悄悄地離去了。但是，就在我快要完全忘記它的時候，它卻在我的成績簿上向我發出了最後的問候：簿子的下角標出了我缺課的小時數。可是，它們並不像我病中度過的時光那樣灰暗單調，反倒像傷殘軍人胸前佩戴的功勳帶一樣色彩斑爛地排列著。是的，成績簿上的這一排紀錄在我眼中其實是一列長長的榮譽標誌：缺課，一百七十三小時。

水獺

就像人們通常會從一個人住的房子和該房子所處的地段得到關於這個人稟性和特質的印象一樣，我也這樣來看動物園裡的動物。從鴕鳥——在有人面獅身和金字塔模樣的背景映襯下沿著路邊一字排開，到住在寶塔裡的河馬——牠像個巫師，正要把自己的身體跟牠所侍奉的魔鬼合而爲一，沒有一種動物的住處不讓我熱愛和敬畏。但是在這些動物中單憑其棲居地的位置而顯得有些特別的並不多。它們大都棲居在動物園與園外咖啡館或博物館相接壤的地帶。棲身於這些地段的動物中，水獺尤其引人矚目。它離動物園三座大門中坐落在列支敦士登橋邊的那座最近。這座門是三座中最少被使用的，而且還通向園中最死寂的區域。迎候參觀者的那條林蔭路，由於兩旁枝形吊燈上的白色圓球而顯得很像埃爾森（Eilsen）或巴特．皮爾蒙特（Bad Pyrmont）的某條人煙稀少的街道。早在這個角落荒涼得比古羅馬浴場更古老之前，它曾有昭示即將來臨事物的效力。那是一個先知的角落。就像據說有些植物可以使人具備預見未來的能力一樣，有些地方也同樣具有類似的神奇效力。那往往是些僻靜冷清的地方，還有牆邊的樹梢、死胡同或是人跡罕至的前花園也具有這樣的功能。在這些地方，一切原本即將來臨的事物彷彿都已成了過去。水獺的棲居地就是動物園中的這類區域。每當我迷了路來到這裡，我總會欣喜地向噴泉池那邊望去，這噴泉就像療養院中央的那座一樣高高噴起。這是水獺的樊籠。那是一個真正的樊籠，因爲這隻動物所住的水池護欄被粗大的鐵條圍著。這個橢圓形水池的背景裡繚繞著小假山和洞穴，那是做爲水獺棲息地而設計的，但是我卻從未在那裡見到過水獺。於是我經常在這個望不到裡面的黑色深淵前無休止地等待，期盼能在什麼地方看見那隻水獺。可是，就算我好不容易終於發現了牠，那也肯定只是短短的一瞬。剎那間，這個晶瑩瑩的蓄水池居民又消失在濕漉漉的黑夜中。當然，人們飼養水獺的這個地方並不是一個蓄水池。但是每當我朝那水裡望去的時候，總是覺得全城的雨水都流入下水道只是爲了匯集到這個池中以滋養這隻動物，因爲在此居住的這個水獺是一隻嬌生慣養的動物，對牠來說，這個空蕩潮濕的洞穴與其說是棲身之所，不如說是一座廟宇。這水獺是雨水的聖獸。我無以斷定牠究竟是從這雨水中誕生的，還是僅僅受到其溪流的滋養。水獺總是特別地忙碌，好像一刻也離不開牠的洞穴似的。但我還是樂意久久地把額頭貼在柵欄上，怎麼也看不夠牠。這也同時表明了牠和雨水之間那種隱祕的親緣關係，因爲當雨水用它忽而細膩、忽而粗壯的牙齒，一分鐘一分鐘、一小時一小時地慢慢把牠的皮毛弄成一綹一綹的，美好的日子就顯得更美好，漫長的日子就顯得更漫長。牠就像個小姑娘似的乖乖把頭髮伸在那把灰色的梳子下。此時，我貪婪地望著牠。我等待著，不是等雨慢慢小下來，而是等雨愈來愈大，愈來愈密集地簌簌落下。我聽見它敲打著窗戶，聽見它從屋簷流下，汩汩地流入下水道。在一場豪雨中我感到十分安全。而我的未來也潺潺地向我流來，彷彿搖籃邊催眠曲唱起。我多麼明白，人會在催眠曲中成長。站在灰暗的窗戶後面看雨的時候，我就像是跟那隻水獺在一起。但是，只有在下次站在牠的樊籠前時，我才會覺察到這一點。那時我又得久久地等待，直到那個黝黑而晶瑩閃爍的身體躍出水面，隨即又飛快地鑽入水中去做一刻不能等的事情。

孔雀島和格靈尼克

夏天將我與霍亨佐倫王族拉近了，在波茨坦有新皇宮、無憂宮（Sanssouci）、野生動物園和夏洛蒂皇家園林（Charlottenhof），在巴貝爾斯堡則有一座宮殿及其花園，與我家的夏季別墅相鄰。距皇家宮殿和園林那麼近，卻從來不會影響我玩遊戲，因爲我將皇家建築投下陰影的那片土地當作了自己的王國。從夏天的某一日我被加冕爲皇帝，到晚秋我又將帝國歸還原主，關於我的這段統治經歷著實可以寫成一部史書。我也爲了保衛這片領土而拚命奮戰。這些爭戰不是對抗其他皇帝，而是我與這片土地本身以及它所派遣來與我作對之精靈的廝殺。

在孔雀島上的某個下午，我經受了一次最慘痛的失敗。當時有人讓我去草地裡尋找孔雀羽毛，那個小島由於可以找到如此神奇的戰利品而對我產生了莫大的誘惑。可是，當我上下翻遍了整個草地還是徒勞地一無所獲，此時一陣哀怨襲上心頭，它遠甚於我對那些披著完好無損的羽毛在籠子前踱來踱去之孔雀的怨恨。拾獲物之於孩子就像勝利之於成年人。我要找的這樣東西能使整個島嶼爲我一人獨有，讓它只對我一人開放。只需拾得一根那樣的羽毛我就可以占有它——不僅占有這個島嶼，還有那個下午，以及乘渡船從薩克洛夫（Sakrow）上島的航行。這一切只有透過我的那根羽毛才能完全地、不容置疑地歸我所有。現在，小島對我已經沒有意義了，隨之使我同樣覺得失落的還有我那第二故鄉：孔雀國。回家的路上我才在皇宮潔淨的窗戶裡讀到陽光反射出的那塊牌子：今天我不該進到草地裡。

就像如果不是因爲一根未找到的羽毛而失去了一片已到手的土地，當時我的痛苦就不會那麼難以慰藉一樣，後來如果不是感到征服了一片新領地，那麼我學會騎自行車的歡欣就不會如此巨大。那是在一個鋪著瀝青的體育館裡，那時，騎車運動剛剛興起，學習這門技藝要經過大費周章的傳授，就像如今學習駕駛汽車一樣，不像現在的孩子透過互相傳授便學會了騎自行車。那體育館位於格靈尼克小城的郊外，它建於體育運動還不一定要在戶外進行的那個年代，那時也還沒出現那麼多不同的體育項目，因此每項運動令人羨慕地都有自己的場區和誇張的服裝以和其他運動區別開來。在體育運動的早期階段還有一個特有的現象，就是非常追求別出心裁，尤其是這裡提及的騎車運動。因此這個體育館中除了一般的男車、女車和童車外，還有更時髦的車型在穿行，它們有的前輪比後輪大四五倍，雜技演員坐在高高的坐墊上練習把戲。

游泳池裡通常為會游泳者和不會游泳者劃分不同的區域，在體育館裡學車也有這樣的劃分。也就是說，有的人只能在館裡的瀝青地面上練習，另有一些人則被允許離開體育館到外面的花園裡去練習。經過了一段時間後，我被劃入了第二組。在一個美麗的夏日我被允許到外面騎車，我陶醉了。那條路上滿是礫石，小石子劈啪作響，我第一次騎在對刺眼的陽光毫無遮擋的路上。體育館裡的瀝青地面是曬不到太陽的，路面寬敞舒服。而在外面卻是每個拐角都危機四伏。輪子雖然沒有打滑，路也還算平坦，但是我卻覺得車子不聽使喚地自主前行，好像我從未騎過這輛車，車子的把手似乎出現了某種自主意志。路上每個隆起處都像故意想使我失去平衡。我早就忘了摔倒是怎麼回事了，但是這種退隱多年的重力效應現在又開始出現。在騎過一段小小的上坡之後，路意外地猛然向下傾斜，我從坡頂向下滑去，塵土和小石子從車子的橡膠輪胎下濺出一片塵煙，路邊的樹枝在疾馳中嗖嗖地拍打著我的臉。正當我對找回平衡已不抱任何希望時，體育館入口處平緩的門檻向我招手了。懷著怦怦直跳的心，藉著剛才那個坡道慣性而來的疾駛，我騎著車出現在體育館的遮篷之下。當我跳下車時，可以肯定的是，那個夏日裡所經歷的一切都因爲我與這個山丘的切身相接而穩穩當當地進入了我的懷中：科爾哈笙布呂克（Kohlhasenbrück）火車站，格裡布尼茨湖（Griebnitzsee）堤上通往湖邊碼頭的拱形涼亭，巴貝爾斯堡宮殿上肅穆的城垛和格靈尼克清新的農家花園，就像諸侯領地或王國疆土通過聯姻而穩穩當當地被劃入了皇家勢力範圍一樣。

一則死訊

那時我大約五歲。一天晚上，當我已上床躺著的時候，父親出現在我的房裡，來和我道晚安。他顯然不太情願地告訴了我一位親戚的死訊。這位親戚年紀已經很大，與我也不怎麼相干。父親思忖著整個事件的來龍去脈。我對他的敘述有些心不在焉。然而對於那天晚上房間裡的氣氛卻難以忘懷，似乎我當時就預感到某一天我還會與它發生關聯。成年後許久，我聽說那位親戚死於梅毒。當時父親來到我的房間是因爲不想一人獨處。可是，他找的是我的房間，而不是我。他們倆不會需要可傾吐心事的人。

花園街12號

沒有哪個門鈴的響聲比這一個更友善了。在這套居室的門檻後面，我甚至感到比在自己父母的家裡還要自在。順便提一下，這個街名的讀法並不是Blumes-Hof，而是Blume-zof，那是一朵巨大的絲絨花，它從一個捲曲的套套裡朝我臉上貼過來，花的中央便是我外祖母，我母親的母親，她是寡婦。要是你去探望這位居住在花園街上方這座鋪有地毯並裝有小欄杆的凸肚樓上的老婦人時，很難想像她會每隔數年就跟「斯若亙（Stangen）旅行團」去做漫長的越洋旅行，甚至去沙漠遊玩。在我見識過的所有高檔公寓中，它是唯一具有「世界公民」特點的。這一點並不是從公寓本身就能看得出來。但是馬多納・第・坎皮格裡歐（Madonna di Campiglio）和布林迪西、維斯特蘭和雅典，以及其他她在旅行中寄出明信片的地方，所有這些地方都飄散著花園街的氣息。外祖母大而瀟灑的字跡有時散落在畫面的下方，有時繚繞在畫面上方的藍天裡，這表明外婆整個地就住在這些畫面裡，以致它們都成了花園街的領地。而當它們的「本土」重新展現在我面前時，我總是如此充滿惶恐地踏上它的地板，就好像這地板曾和它的女主人在博斯普魯斯的波浪上跳過舞，那塊波斯地毯裡彷彿也還藏有撒馬爾罕的灰塵。

用什麼樣的語詞才能描繪出從這套公寓裡蘊發出的那種幾乎已無法追憶的市民階層的踏實感呢？它諸多房間裡的家具什物已經不會使今天的舊貨商感到興奮了，因爲七〇年代的產品雖然比晚期新藝術風格堅固得多，但它們明顯顯得陳腐而老套。在時間的推移中，它們以不變應萬變，只考慮到材料的耐用性而絲毫沒有顧及適用性問題。公寓裡充斥著這類家具，一意孤行地將幾百年來流行的雕飾統統集於一身，被它們自己和它們的長久不變所塡滿。不幸在這裡沒有位置，即便是死亡也難以在此落腳。由於在這裡沒有死亡的一席之地，因此公寓裡的居民都死在療養院裡，而留下的那些家具在第一代繼承人手裡就被變賣給了舊貨商。在這些房間裡，死亡不在計畫之中，因此這些房間在白天顯得格外舒適宜人，而到了晚上則成了噩夢出沒的場所。我踏進的那個樓梯間便是夢魘的棲息地，它先使我的四肢沉重無力，然後當我還有幾步就要跨進那個渴望已久的門檻時，它又讓我對之著了魔。類似這樣的夢魘是我獲取那份安全感所付出的代價。

外祖母沒有死在花園街。我父親的母親有很長一段時間就住在她的街對面，祖母比外祖母的年紀更大，她也同樣是在其他地方去世的。所以這條街對於我來說成了仙境，成了雖已遠去，但卻永生不死的祖母們幽居其間的陰界。想像的紗幕一旦投向某片區域往往會使它周圍泛起陣陣莫名情緒驛動的漣漪，因此想像也將花園街附近的那家殖民地貨品商店變成了曾經也是商人的外祖父的一座紀念碑，因爲這家商店老闆的名字與外祖父一樣也叫格奧爾格。這位早逝的外祖父的半身像與眞人一樣大，和他夫人的肖像並排掛在走道裡，那走道通向公寓較隱蔽的部分。由於不同的情況，這些較隱蔽的房間又重見天日。一位已出嫁女兒的來訪，打開了那間長年不用的貯藏室；另一間後室在大人們午睡時收容了我；還有一間在裁縫被請到家時傳出了縫紉機「咯嗒咯嗒」的聲音。在這些較隱蔽的房間中，對我來說最重要的是那間迴廊，或許是因爲裡面沒有多少家具，不太受大人們的重視，或許是因爲那裡可以聽見馬路上輕輕傳上來的嘈雜聲，也或許是因爲我可以從那裡看到有看門人、兒童以及手搖風琴演奏者等其他人家的庭院。其實迴廊向我展現得更多的是聲音而不是人物，因爲這是一個高檔居住區，庭院裡從來不會太熱鬧，在這裡幹活的人也多少沾染了一些他們有錢主人所具有的悠閒，一週中總是餘留著一些週末的氣氛，因此星期日也就成了迴廊之日。其他房間都不是太盡人意，不能完全容住星期日的氣氛，而是讓它像流水一樣從篩子裡漏了出去。唯有這個迴廊將星期日緊緊抓住，它與插著晾曬地毯架子的庭院和其他人家的迴廊遙遙相望。從十二聖徒教堂和馬太教堂傳來的沉甸甸的鐘聲，裝滿了迴廊，每一聲迴盪都不會從這裡滲漏掉，一直到夜晚它們依然在這裡層層疊疊，久久不散。

這套公寓裡的房間不僅眾多，而且有的還非常寬敞。要向坐在凸肚窗邊的外婆問安，我得先穿過那間巨大的餐室，再走過凸肚窗間。在她的針線筐旁邊很快就會爲我擺上水果或是巧克力。在耶誕節第一天到來時，這些房間才顯示出了它們的眞正用途所在。到了那天，這張擺放禮物的長桌因爲眾多的禮品而顯得擁擠。桌邊的座位一個緊挨著一個。如果大餐以後的下午某個總務或門房小廝還需要用餐的話，那麼在座的就難保自己的座位萬無一失。但是這一天的難題並不在此，而在這一天的開始，當房間大門的雙翼展開時。這時，房間深處的聖誕樹閃閃發光，長桌上到處是裝著杏仁糕和杉樹枝的誘人的彩色碟子，很多玩具和書本也在朝你招手。最好這時不要太仔細去觀望它們，因爲假如我太早地迷上了一件禮物，而它按規定卻又落入他人之手，那麼我就把自己的這一天給毀了。爲了避免這樣的結局，我像生了根一般站在門檻上一動不動，嘴角帶著微笑，沒人能說清那微笑是聖誕樹的閃光，還是那些爲我準備的令我陶醉但又不敢去接近的禮物的光焰在我心中喚起的微笑。而此時最終支配我的則是另一個原因，它比那些表面的原因，甚至那個我內心的擔憂更深刻。由於這些禮物畢竟還屬於它的主人而不是我，並且它們又很容易破碎，我害怕當著眾人的面笨手笨腳地去觸摸它們。只有當女傭在外面的地板上用禮品紙替我們將它們包好後，只有當它們的外形由此消失在包裝紙和箱子中而它們那沉甸甸的分量給了我們確信時，我們才完全踏實地感到自己擁有了它們。

很多小時以後。我們把綑好的東西緊緊夾在胳膊下，走向暮色籠罩的街道。出租馬車已經在樓門前等候，牆沿和木柵欄上的積雪完好無損，路面上的則已經比較渾濁，從綠茨福河岸傳來了雪橇的叮噹聲。煤氣路燈一個接一個地亮了起來，洩露了點燈人的路徑，即便在這個甜蜜的夜晚他也必須把點燈桿扛在肩上，此時這座城市深深沉入自己之中，彷彿一隻由於我和我的幸福而變得沉沉的布袋。

冬日夜晚

冬日的夜晚，母親有時會帶我去商店。那時的柏林幽暗而陌生，在煤氣路燈的光照中向前方伸展著。我們只在舊西區逗留，它的街道比後來人們偏愛的那些街道要親和與樸素得多。此時，凸肚窗和柱子已經看不太清了，樓牆後面也已經透出燈光。不知是由於白紗布窗簾還是透明窗飾，或是煤氣吊燈紗罩的緣故，那燈光雖照亮了房間，但並沒有洩露出什麼。燈光除了自己什麼都不關心。它使我迷戀，令我深思，並且在我今天的回憶中依然如此。這裡就要提到我的明信片收藏中最令我珍愛的一張，它展現了柏林的一個廣場。廣場四周的房屋是柔和的藍色，掛著月亮的夜空是深藍色。藍色卡紙上，月亮和房屋的窗戶被鏤空了，要是將它們對著燈光，一片金黃色的光芒就會從雲層和一排排的窗中照射出來。我不認識明信片上這個地方。明信片下方寫著：「哈勒門」（Hallesches Tor）。於是，城門（Tor）和廳堂（Halle）就匯集在一起，構成一個明亮的洞穴，裡面寄託著我對柏林冬日的回憶。

彎街

童話中有時會提到那種兩邊設有小商鋪的拱廊街和長廊，那些商鋪充滿誘惑和危險。當我還是個小男孩時，曾對一條這樣的購物街很熟悉，它叫彎街。在它最大的拐彎處是那圍著紅釉磚牆的游泳池，那是整條街最昏暗的地方。池子裡的水每週都要更換數次，換水時大門口會貼出「暫停營業」的字樣。於是我就被延緩了刑期。我轉身到商鋪的櫥窗前，讓琳琅滿目的舊貨商品把自己撩撥得熱血沸騰。游泳池的對面是一家當鋪，當鋪前的人行道上擠滿了買賣舊家用物品的人。這一帶還是租賃服裝的所在地。

在彎街轉向西的地方有一個文具店，不知內情的人都將目光停在那些便宜的尼克・卡特小書（Nick-Carter-Heften）上，而我卻知道在櫥窗深處的哪個角落可以找到那些下流小書。這個地方沒有車輛過往，我可以站在櫥窗前先看一下裡面的賬簿、圓規和火漆印泥看很久，製造不在場證明，然後猛然將目光投向那些紙質造物的懷抱中。本能昭示出我們身上有著一種會被證實爲最冥頑不化的東西，並與之交融。櫥窗裡的玫瑰花飾和燈籠歡慶著這次曖昧的邂逅。

離游泳池不遠的地方是市立閱覽室，那裡雖然有鐵製廊台，但我並不覺得它們高不可攀和讓人不寒而慄。我預感到了自己命定立身之所在，還未走進去，我就聞到了它的氣味。那氣味在樓梯間裡迎面襲來的濕冷氣味下等待，像是被保護在一層薄薄的氣層底下。我羞答答地推開鐵門，可是就在我還沒有完全步入閱覽室時，寂靜就開始給了我力量。

游泳池裡最讓我討厭的是和水管裡翻騰的水聲混在一起的嘈雜人聲，這種聲音一直傳到游泳池前廳買票的地方，每個人都必須先在那裡買由骨牌代替的游泳票。伸腳跨過池邊的圍子便意味著告別岸上世界，這之後就沒有任何東西能擋住池內漫漫大水了。水裡住著一位傲慢跋扈的女神，執意要將我們拉入她的懷中，用她冷冰冰的乳房餵養我們，直到我們完全從水面上失去蹤影。

冬天，當我走出游泳池回家時，街上已經亮起了煤氣燈，這阻止不了我故意繞道再去一下那個「我的角落」。那條路帶我從背面走向它，好像要將它當場擒獲。店鋪裡也已經亮起了燈，一部分燈光照在陳列的貨品上，和街上照進的燈光交融在一起。在這樣重疊交織的光線中，櫥窗顯得比白天更充滿暗示，這時因爲心裡知道應付完了今天的差事所以那些戲謔明信片和小冊子上顯而意見的猥褻內容，就越發強烈地迷住了我。我把心裡那種蠢蠢欲動的東西小心翼翼地帶回家，帶到燈下。是的，還有我的床常常又將我帶回到那家店鋪和「彎街」上熙熙攘攘的人群中。我又遇到了那些對我橫衝直撞的傢伙，但此時我已經不會像在路上那樣對他們展示出憤然情緒。入睡使靜靜的房中有了安詳的聲息，頓時，游泳池裡令我生厭的東西由之得到了補償。

長統襪

我可以隨心所欲打開的第一個櫃子是那五斗櫃，只要拉一下把手，門就會在我面前從鎖裡彈出。門後面存放著襯衫、圍裙和內衣，這只櫃子對我來說具有歷險意味的地方來自這些衣服下面放著的東西：我的長統襪。這些襪子按照人們習慣的方式包捲著堆放在那裡，我必須將手伸到櫃子最深的角落才能摸到它們。每雙襪子的樣子都像一個小袋子，沒有什麼比盡可能地將手伸到袋子最深處更有趣的了。我這樣做不是為了暖手，吸引我將手伸到袋子深處的是裡面被我抓在手中的那個「兜著的」東西。當我用拳頭把它攥住，努力確認了自己擁有這個柔軟的毛線團時，展示謎底的遊戲的第二部分就開始了。這時我著手把那個「兜著的」東西從它的毛線兜裡拉出來。我將它朝自己愈拉愈近，直到發生了那件令人驚愕不已的事情：我把那個「兜著的」東西翻出來了，但是本來裝著它的那個「袋子」卻不見了。我不厭其煩地反覆嘗試著這樣的過程。它讓我領悟到：形式與內容、包裹與被包裹住的東西其實是一體的。這個過程引導我小心翼翼地把真理從文學作品中拉出來，就像孩子用手將襪子從「袋子」裡拉出來一樣。

姆姆類仁

在一首古老的兒歌裡曾出現類仁姑母（Muhme Rehlen）這個詞，由於我當時不知道姆姆（Muhme）是什麼意思，所以這個人物對我來說便幻化為一位精靈：姆姆類仁（Mummerehlen）。

我及時學會把自己裹入（mummen）那些其實是雲朵的辭彙之中。這種發現相似之處的天賦其實不外乎是過去所受到之壓力的微弱殘餘：變得相像，並控制自己的行爲。這種壓力由語彙向我施加，那些語彙不是把我變成模範兒童，而是使我與居所、家具和服裝相像。與周圍的一切相像，使我變了樣。我就像一個軟體動物棲身於十九世紀的一個貝殼中，而十九世紀現在就像我眼前一只空空的貝殼。我把它放在耳邊，聽到了什麼？聽到的不是戰場上隆隆的炮聲，不是奧芬巴哈的舞劇音樂，甚至也不是石子路面上的馬蹄聲，或者衛兵儀仗隊的軍號聲。不，我聽到的是煤炭從金屬桶落入鐵爐中發出的短促咚隆聲，是煤氣燈點燃時發出的悶悶轟響，是街上車輛經過時燈罩碰撞銅箍發出的叮噹聲。此外我還聽到一些其他的聲音，比如鑰匙圈的叮噹聲和前後樓梯的門鈴聲。最後，我還聽到了那首短短的兒歌。

「我想跟你講講有關姆姆類仁的故事。」兒歌的歌詞雖然走樣了，但是它能體現我童年被扭曲了的整個世界。我第一次聽到這首歌時，裡面的那位類仁姑母已經不明去向，而姆姆類仁就更難找到。很長一段時間裡，我把盤子裡的菱形圖案當成了她的替身，那圖案遊弋在大麥粥或西米粥的熱氣中，我慢慢地用勺子去舀那個圖案。我不知道別人講了些什麼有關她的事，或是只想對我講什麼。而姆姆類仁自己並沒有向我透露什麼，也許她已幾乎發不出聲了。冬天雪花第一次飄落時，她的眼神從飄忽不定的雪片中閃現。假如這眼神能夠投向我，哪怕只有一次，那麼，我一輩子都會感到安心。

捉迷藏

我已經知道這間居室裡的所有藏身之處，回到這些藏身處就好像回到一間屋子裡，而你有把握屋裡一切如昔。我的心劇烈地跳動。我屏住呼吸。在這裡我被物質的世界圍得嚴嚴實實。這物質的世界可怕地清晰，而且無以言狀地與我靠得這麼近。就像被施以絞刑的人才會明白繩子和木頭究竟是什麼。躲在門簾後面，這個孩子自己也變成了某種飄動著的白色東西，變成了一個鬼魂。蹲著躲在餐桌下面，那張餐桌便使他成了神廟裡的一尊木製偶像，餐桌那有雕刻的桌腿便是支撐起神廟的四根梁柱。躲在一扇門後面，他自己便是門，並將門當作沉重的面具，以一個巫師的姿態向所有不知內情跨入門檻的人施法。他絕對不能被找到。別人告訴他，要是他做鬼臉，只要時鐘一敲響，他就得永遠維持那張鬼臉。我在藏身之處明白了其中的奧妙。誰發現了我，誰就能把我變成桌子下面僵住的神像，就能把我永遠當作鬼魂織入門簾中，還能把我終生逐入沉重的門裡。所以，只要搜尋者一找到我，我便會用大聲叫喊來驅走那個讓我變形的惡魔——實際上，還未等到被發現時刻的降臨，小孩就會搶先發出這種自救的叫喊。因此我不知疲憊地與惡魔對抗。在這樣的抗爭中，整個居室是面具的寶庫。然而每年一次，會有禮物藏在神祕的地方，藏在這些地方空空的眼窩和張開不動的嘴裡。神奇的體驗變成了科學。建構出這座魔屋的我解除了爸媽家的陰森住屋所受到的蠱惑，而去尋找復活節彩蛋。

幽靈

那是我七歲或八歲時的一個夜晚，在我家巴貝爾斯堡（Babelsberg）夏日別墅前。家裡的一個女傭在柵欄門前站了許久，我不知道這個柵欄通向哪條林蔭大道。我在其荒蕪的邊界玩耍過的那個大花園已經對我關閉，該是上床睡覺的時間了。也許我已經玩夠了最喜愛的遊戲，因此，在鐵絲柵欄邊上，灌木叢中的某個地方，將我那支赫約爾卡手槍（Heurekapistole）的橡皮子彈，對準棲息在靶子上的木頭鳥，它們被嵌在繪製的樹葉叢中，木鳥被子彈擊中後便從靶上掉落。

我的心裡一整天都藏著一個祕密——我前一天夜裡的那個夢。夢裡我看見了一個幽靈。那幽靈忙東忙西的地方我很難講清。但是它和一個我雖然不得進入卻認識的地方很相像。那是我父母臥室裡一個用一面褪色的紫色絲絨簾子遮起的角落，後面掛著媽媽的晨袍。簾子背後的黑暗神祕莫測：這個角落與那個隨著母親衣櫃的開啓而敞開的天堂簡直如出一轍。那衣櫃隔板的白色滾邊上用藍線繡著一段取自席勒《鐘》裡的詩句，隔板上疊放著床上和餐桌用品：床單、床罩、桌布、餐巾。薰衣草的香味從裝得滿滿的絲織香袋裡飄溢而出，香袋在兩扇狹窄的櫃門後打褶的布罩上搖搖晃晃。曾在紡紗車上顯示威力的古老而神祕的編織魔法，就這樣分屬地獄和天堂。而我的那個夢則來自地獄之國：夢中有一個幽靈在掛著絲綢的木製衣架旁忙東忙西，它在偷那些絲綢。雖然它不把絲綢搶過去，也不把它們拿走。其實它沒做什麼，也沒把那些絲綢怎麼樣。但我還是意識到，它在偷絲綢。就像傳說中爲鬼魂進餐作證的人，雖然沒有具體看到鬼在吃喝，但依然意識到有鬼在用餐。這就是我心裡一整天都藏著的那個夢。

在做了這個夢之後第二天夜晚的某個怪異時刻——彷彿在前一個夢之中又插進了第二個夢——我察覺父母進入了我的房間。但他們把自己關在我的房間裡，這我就沒有看見了。第二天早晨我醒來時，家裡沒有任何東西可以拿來做早餐。懵懂中我只知道家裡被搶了。中午親戚們帶著最急需的東西來了。聽說一幫人數滿多的盜賊半夜潛入我家。人們解釋說，幸好屋裡的聲響讓人得以推斷出盜賊人數很多。這次恐怖的造訪持續到凌晨，父母親一直在我房間的窗後徒勞地等待破曉，希望可以向街上發出信號。大人們要我爲此事提供證詞，但是對於那個傍晚站在柵欄門前的女傭做了什麼我一無所知。而對於我認爲知道得比較清楚的那件事——我那夜的夢——我則隻字未提。

聖誕天使

這個節日從聖誕樹開始。某天早晨，當我和大家一起走在去學校的路上時，街上許多角落都被打上了綠色的印戳，這些印戳好像要把這個城市成千上百個角落和邊沿，像一個巨大的聖誕禮盒那樣牢牢地釘住。然後在美好的一天，它被撐破了，許多玩具、堅果、草編工藝品和聖誕樹飾品從裡面湧出：這就是聖誕市場。和這些東西一起噴湧而出的還有另一樣東西：貧困。就像蘋果和堅果裹上丁點兒糖後也可以和杏仁糕一起擺在聖誕拼盤上一樣，窮人們也被允許在較富裕的城區兜售裝點聖誕樹用的銀絲條和彩色蠟燭。富人們指派他們的孩子去買窮人的小布羊或者對他們做一些施捨，因爲他們不好意思親自去做這樣的事。此時，聖誕樹已經矗立在陽台上，那是母親悄悄買來後讓人從後院的樓梯搬上來的。即將來臨的節日一天比一天濃厚地縈繞在聖誕樹的枝杈間，這比樹上的任何燭光都要神奇美妙。庭院裡的手搖風琴以聖歌充實著節日前的最後一些日子。節前的這段日子最終還是過去了，聖誕日終於又一次到來。此時此刻，我想起了我最初經歷的那些聖誕節。

我在自己房間裡等待著六點鐘的到來。日後生活中沒有一個節日識得這個時辰，這時辰宛如一枝顫悠悠的箭頭插在白晝心窩上。儘管暮色已經降臨，我爲了不把目光從天井對面的窗戶移開還是沒有點燈，那邊的窗內現在已經點亮了第一批蠟燭。這是聖誕樹存在的所有時辰中最讓人戰慄的，它把針葉和枝杈奉獻給黑暗，只是爲了使自己成爲後院公寓朦朧窗櫺中一個可望不可及的星座。這樣的星座雖然不時對那些被遺棄窗子中的某一扇施與恩惠，但是很多窗子依然漆黑一片，還有一些窗子更是令人哀傷地在傍晚煤氣燈的映照下枯萎。這副景象使我發現，耶誕節裡的這些窗櫺包含了孤獨、衰老、貧困以及窮人們閉口不提的所有苦難。這時我想起了父母剛剛準備完畢的禮物，懷著只有確知的幸福即將到來時才會有的沉重心情，我才要離開窗口，就感到房間裡陌生的現實。那只不過是一陣風，正在我唇邊湧現的話語便像鼓起的風帆，將一艘垂落的篷帆突然推向清爽的和風中：「年復一年，耶穌到來，降臨人間，與我同在。」隨著話音的消失，剛開始應著詩句顯出形貌來的那位天使也倏然退去。我在空空如也的房間裡沒有再待很久，有人把我叫到對面房間，在那裡，聖誕樹已經輝煌閃耀，那光焰使我感到陌生。當它被拔掉底座扔入雪地或在雨中晶瑩閃爍，節日就在聖誕樹隨著手風琴展開的地方落下了帷幕。

不幸事件和罪行

城市每天都重新給我關於這些事件的承諾，而到了晚上這些承諾往往落空。就算發生了什麼事，等我趕到現場時，一切也都已過去，就像神靈在凡人面前只作瞬息的顯靈一樣。被洗劫過的櫥窗，運出一具死屍的房屋，一匹馬跌倒的街道——我在這些地方站住腳，以便將那些事件所留下的氣息好好聞個夠。但是隨著那些好事者向四處散去，這樣的氣息也一起煙消雲散了。當救火車由快馬拉著衝向不知在何處的失火處時，誰能搞清它的去向？隔著救護車的毛玻璃，誰又能看清裡面的情形？不幸從街上飄過，徑直衝向那些車子，我無法捕捉它的蹤跡。然而還有一種更加奇特的車子，當然它會像吉普賽大篷車那樣嚴格保守著自己的祕密。這種車子讓我感到陰森可怕的仍然是那些窗戶，它們被鐵條牢牢地封著。雖然鐵條之間的距離很小，根本不可能有人能從裡面鑽出來，但我還是竭力琢磨著可能會關在裡面的那些罪犯。當時我不知道這些車子押解的只不過是一些文件，因而更加把它們當成令人窒息的容器，裝著不幸與災禍。讓我難以丟下的還有那條運河。河裡的水是如此的幽暗，水流得又是如此的緩慢，以致它好像與所有傷心事都難解難分。但是，掛在許多橋邊與死亡定了親的白色救生圈卻都徒具虛名，我每次經過時，它們都依然玉體未解。最後我只好滿足於看看講解如何爲溺水者救生的牌子。可是這樣的講解就像佩加蒙博物館裡的「石頭武士」一樣令我感到遙遠。

對於這些不幸事件，處處都預先設防了。城市和我都能讓它化險爲夷，可是它卻無處可尋。是的，我多想能透過伊莉莎白醫院緊閉的護窗板向裡窺視啊！每當我從綠茨福路走來，我都發現有幾扇護窗板大白天都關著。我問了之後才知道，這樣的房間裡住的是「重症病人」。猶太人中有這樣一個傳說：死神的手指向哪家埃及人的房子，這戶人家的頭胎就必死無疑。聽過這個傳說的猶太人在想像那些房子的時候，可能和我揣測那些緊閉的護窗板一樣充滿恐怖。但是死神眞的會去那樣做嗎？還是有一天護窗板會打開，那個重症患者變成了一個康復者躺在裡面？對於死亡、火災和敲在我房間窗上卻沒有打破玻璃的冰雹，難道不能有人再去助一臂之力嗎？當不幸和罪惡終於發生時，與這些事件有關的想像便完全被擊破，夢與現實的界限也蕩然無存，這難道有甚麼好奇怪的嗎？因此，有一件事我不知道是出自一個夢，還是不斷重回夢中的眞事。總之，每當我觸摸到門鏈時就會想起這件事。

「別忘了先插上門鏈。」每當我被准許去開門時總會聽到這樣的叮囑，直至今日我依然還像童年時一樣懼怕有一隻腳頂在門縫裡。而在這樣的恐懼中，有一次驚嚇宛如煉獄之苦般無限綿延著，這次驚嚇顯然只是因爲沒有插好門鏈而引發的。在父親的工作室出現了一位先生，他穿著並不差，對於母親他好像視而不見，說話時旁若無人，似乎母親只是空氣一般。而我在隔壁房間的這個事實對他來說更是微不足道。他說話的口氣好像滿客氣，似乎不帶特別的威脅性。但是當他沉默不語的時候，那種寂靜卻顯得可怕無比。這個房間裡沒有電話，父親的生命眞是危在旦夕。他當時可能沒有意識到這一點，就在他還來不及離開寫字桌，只是站起了身，想把這位破門而入並早就站定腳跟的先生趕出去時，那位先生已經先發制人地關了門，拿下了鑰匙。他斷了父親的退路，而對於母親始終未放在眼裡。是的，最不堪忍受的是他對母親的毫不在意，好像她與這個兇手兼勒索徒是一夥似的。

這次極爲恐怖的災難在我還沒有弄清眞相時就被平息了。自那以後我總是很能理解就近衝向火災報警器求援的人。它們像祭壇一般佇立在馬路邊，供人在它面前向主管災禍的女神祈求。我接著想像那一刻，當那人身爲唯一知情的行人傾聽著遠方救火車的警笛聲漸漸駛近，那一刻要比救火車的出現更令人激動。但是不幸事件中最精采的部分幾乎總是就此結束。因爲就算眞的發生了火災，人們也看不到火焰。彷彿這個城市妒意濃濃地在庭院深處或在成排的屋頂上養育著那稀有的火苗，而每個人都想目睹這城市在那兒養大的火鳥，這隻炙熱而耀眼的火鳥。偶爾能看到消防隊員們從裡面走出來，他們想必把那火看了個夠，但是他們看起來似乎並不配去看。如果有第二批救援隊伍帶著皮管、梯子和水箱開進去的話，那麼在一陣忙碌之後他們便會像前一支隊伍一樣變得懶懶散散。這種裝備精良、戴著鋼盔的增援隊伍與其說是來與那看不見的火焰爲敵不如說是來保護它們。但是通常不會有增援的救火車開來，轉眼功夫人們突然發現，警察不見了，火也已經被撲滅。沒有人願意證實那是有人縱火引起的。

色彩

我家花園裡有一座不再有人光顧而廢棄了的亭子，我因為那些五顏六色的窗子而喜愛它。每當我走到裡面，觸摸著一塊塊玻璃的時候，我便使自己幻化，幻化成玻璃上的景色：它時而如烈火一般熊熊燃燒，時而又塵土濛濛；時而如火苗一般微微閃爍，時而又鬱鬱蔥蔥。這就像畫水彩畫一樣，只要我撥開潮濕的雲彩，那些景物便向我敞開胸懷。這與吹肥皂泡泡時的情形類似。我幻想自己在肥皂泡泡裡飄過整個房間，將自己融入到泡沫色彩的晶瑩變化中，直到泡沫破碎。當我仰望天空、玩耍珠寶和翻閱書籍時，我都會把自己迷失在色彩裡。孩子們到處都可以發現他們的獵物。那時候可以買到這樣一種巧克力，它們交錯有致地被排在精緻的盒子裡，其中的每一片又被彩色的錫紙包裹著。這些小小的藝術品被毛茸茸的金線紮住封口，閃爍著綠色和金色、藍色和橙黃色、紅色和銀色的光芒。盒子裡不會有重複顏色的巧克力放在一起。有一天那五彩繽紛的顏色向我迎面撲來，直到現在我還能感到當時緊緊吸住我目光的那一份甜蜜。這份巧克力的甜蜜滋味與其說化在我的舌尖，不如說溶化在我的心田，因為在我屈服於甜食的誘惑之前，那種較高等的感受驟然超越了我身上較低等的欲望，並使我進入了另一境界。

針線盒

我們已經不再識得將睡美人刺傷，讓她沉睡一百年的紡錘了，但是我們的媽媽和雪天裡坐在窗邊的白雪公主的王后母親一樣，下雪天也拿著針線坐在窗邊，而她做針線活時也只是由於手指上套著頂針才沒有被刺出三滴血。然而頂針的上端本身卻是淡淡的紅色，有細小的凹痕做爲裝飾，像被刺傷後留下的痕跡。如果把它對著光，那個我們的食指熟悉的幽暗洞穴的盡頭就會被映得通紅。我們喜歡戴上這個小小的王冠，悄悄做一次國王。當頂針套在我的手指上時，我明白了爲什麼女傭們那樣稱呼母親。她們的本意是「尊敬的夫人」（gnädige Frau），但是卻把第一個字的音節弄得殘缺不全，很長一段時間裡我都以爲她們是在叫「縫紉夫人」（Näh-Frau）。可是對我來說也實在找不出更貼切的頭銜來標識媽媽無以逾越的權力了。

就像一切權力擁有者的寶座一樣，媽媽在縫紉桌邊的這個寶座也同樣具有不可抗拒的魔力。有時我能感覺到這種魔力，站在其中我屏住呼吸，一動也不動。在我被允許陪媽媽去串門子或買東西之前，她發現我衣服上還有些毛病。於是便把我已經穿上的海軍服的袖口抓住，將上面藍白相間的貼邊縫牢一些，或者飛快地在我領結上縫幾針，使之「更顯精神」。而我則站在那裡，咬著浸了汗的帽檐帶，味道酸酸的。此時此刻，我心裡就因爲針線對我的這種極端的控制而升起了對抗和憤怒，不僅是因爲媽媽對我已經穿在身上的衣服的操心使我的忍耐受到了嚴峻考驗——不，多半還是因爲媽媽在我身上所做的事與我面前這一堆彩色絲線、成排細針和大大小小的剪刀太不相稱。我開始懷疑這個盒子本來是否是用於縫紉的，而裡面的絲線和棉線圈以惡名昭彰的誘惑折磨著我，更加強了這一懷疑。那誘惑來自線圈上的空心軸。絲線繞在軸上，軸的兩頭用薄紙封住，黑色的紙上用金字印著製造公司的名稱和產品的編號。我禁不住巨大的誘惑，用指尖戳破了薄紙的中央。紙被戳破後，我摸著裡面的那個深洞時，心裡感到無比的滿足。

那些線圈並排放在針線盒的上端，那裡有黑色的針鏈在晶瑩閃爍，還有一一插在皮套裡的剪刀。在這一層下面是幽暗的底部，那裡混亂一片，散開的線絞成一團，用剩的橡皮筋、衣服搭扣、各種零碎布頭都堆在一處。在這些剩餘物中還有一些鈕釦，其中有些形狀我從未在任何衣服上看見過。很久以後我又看到過一些類似的：它們成了雷神索爾車子上的輪子，一位普通中學教師在上世紀中葉將它繪製在了一本教科書中。隔了這麼多年，我才透過這幅泛白的小畫證實了自己的那個猜疑：這整個針線盒乃注定用來做針線活以外的事。

白雪公主的母親做針線活時外面下著大雪。整個大地愈靜謐，這種安靜的家務活就愈顯得高貴。天黑得愈早，我們就會愈常拿起剪刀。於是我們小孩也會花一個小時盯著一根拖著粗棉線的針。每個孩子都默默地取出要繡的東西：硬紙盤，吸墨布，小布罩，並按照紙樣圖案繡著花。針在紙樣上穿過，發出清脆的響聲。我禁不住誘惑，不時去欣賞布的背面交錯的線條。每縫一針，布正面繡的花會愈來愈有樣子，布的背面則越發雜亂無章。

月亮

月亮撒下的光芒與我們的白晝生活無關，被搖曳的月光照亮的這片土地似乎屬於一個「反地球」或「次地球」。這個反地球或次地球不是以月亮做爲它的衛星，反倒自己變成了圍繞月亮運行的一顆衛星。其寬闊的胸膛不再起伏，這胸膛的呼吸即是時間；上帝所創造的世界終於歸來，可以重新披上被白晝撕掉的寡婦面紗。從木製百葉窗裡透進的蒼白月光使我領悟了此道。我無以靜心入睡，時隱時現的月光剪碎了我的睡眠。如果我在月光駐足房間的時候醒來，就會恍若被移身室外，因爲房間除了月光之外，似乎誰也不歡迎。這時候，我的目光首先投向的是房間裡兩個乳白色的盥洗盆。白天裡，我從未想到要去注意它們，然而在月光映照下那池盆卻不同，尤其是池盆上沿繞了一圈的藍邊令我感到不悅，它給人一種錯覺，好像這池盆的邊緣是編織出來的，繞在一圈滚邊上——事實上，池盆的邊緣是有皺褶，就像打了細褶的領子一樣。圓乎乎的水壺豎立在兩個池盆中間，是用與池盆相同的瓷做的，上面的花紋圖案也是相同的。我從床上站起身時，水壺就會叮噹作響，接著擺在大理石製的盥洗桌上的碗杯和盆子也跟著響起來。我很高興在夜的氛圍中聽到生命的信號——雖然它也只不過是我自己生命存在的回音。可是這個信號並不可靠，它等候著以朋友的身分來欺騙我。這場騙局在我伸手拿起大腹玻璃瓶往玻璃杯裡倒水的時候發生了。咕咚咕咚的倒水聲和我先放回玻璃瓶，然後再放回玻璃杯時發出的響聲，聽上去如出一轍，因爲我所落入的這個次地球的每一處似乎都已被從前所占據。我只能屈從。等我走回床邊，心中總是懷著恐懼，害怕發現自己已經躺在那裡。

當我的背重又觸及床墊時，這種害怕才完全消除。接著我便睡著了。月光漸漸從我房間抽身離去。當我第二次或第三次醒來時，房間往往已經漆黑一片。我的手首先必須鼓起勇氣，從睡眠的壕溝邊緣探身出去，這手之前在壕溝裡尋得躲避夢魘的掩護。在顫動的夜光使我和房間平靜下來以後，我發現，世界上除了那個唯一執著不去的問題以外什麼都沒有了。這個問題是：爲什麼世界上存在著事物？爲什麼存在著世界？我帶著驚異領悟到，世界上沒有什麼能迫使我承認這個世界的存在。它的不存在對於我，一點也不比它的存在更值得懷疑。存在對不存在眉來眼去。當月光還在閃亮時，海洋和陸地並未勝過我的盥洗盆多少。我本身的存在只剩下沉澱下來的孤獨。

兩支銅管樂隊

再也不會有像軍樂隊演奏的音樂那樣不合人性、那樣有失典雅的音樂了。擠在動物園附近的咖啡館之間，沿萊斯特林蔭大道向前族擁的人流在軍樂的激勵下熱血沸騰。時至今日我才認識到，這股人流的力量在於何處。對於柏林人來說，沒有比這裡更高等的愛情學校了：環繞這裡的有居住著非洲牛羚和斑馬的沙地，有鳶和兀鷹棲息的禿樹和礁石，有臭烘烘的狼圈，還有鵜鶘和鷺鷥孵化雛鳥的地方。這些動物的嚎叫聲與定音鼓及打擊樂的喧囂聲混成一片。就是在這樣的氛圍中，有個男孩平生第一次一邊假裝與身邊的朋友專心說話，一邊將目光緊盯住一位過路的女人。他如此努力使自己不要從聲調和眼神中被識破眞相，以至於還是未能看清那位過路女子的容貌。

更早些年他聽過另一種銅管樂，而這兩種音樂是多麼地迥然不同：現在的這種沉悶而撩人地搖盪在樹蔭和帳篷之間；先前的那種純粹而亮爽，迴蕩在清冷的空氣中，就像在一個薄薄的玻璃罩裡。它從盧梭島（Rousseau-Insel）那邊幽幽飄來，激勵著新湖上的溜冰者溜出各種彎線和弧形。我那時做夢也想像不出這個島名的來歷，也搞不清它複雜的拼寫，但我早就躋身在這些溜冰者的行列。因爲它所在的位置，更因爲它四季都熱熱鬧鬧，所以其他任何冰道都無法與這一個相比。其他冰道在夏天如何了呢？成了網球場。而這裡柳枝低垂的岸邊綿綿延延，同樣是這座湖鑲著畫框，掛在外婆暗暗的飯廳裡等待著我。那時候人們喜歡畫這座湖及其迷宮般的水道。人們在維也納華爾滋的樂聲中滑行穿過那座橋；夏日裡人們也在同一座橋的欄杆邊觀看船隻在幽暗的水面上緩緩駛過。附近有縱橫交錯的小路，尤其還有那些僻靜的避難之地——「大人專用」的長椅。沙坑那裡的圓形廣場呈現出如此景觀：沙坑中央，有的孩子在挖弄沙子，有的呆呆站著，直到有人撞到他或是保母從長凳上喊他。保母在嬰兒車後面，專心致志地看著閒書，幾乎不用抬眼便能管教孩子。

關於湖岸邊的情況就這些。我在自己由於穿溜冰鞋而變得笨拙的步伐中，還能感到湖面的存在。我經過一陣溜滑之後越過冰面，兩腳重又觸摸到木板地，劈劈啪啪地走進一間燒著爐火的小屋。爐子邊上有一條長椅，在決定解下冰鞋以前再一次掂掂腳上的重負。等到一條腿斜搭在膝蓋上，而冰鞋鬆開了，這時我們的兩隻腳底就像是長了翅膀，邁著向冰凍大地頻頻點頭的步伐，走出戶外。在回家的路上，小島上的樂聲還繼續陪了我一程。

駝背小人

小時候，我外出散步時總喜歡透過地面上平鋪著的柵欄向裡窺視。如果一個櫥窗的正下方開有一道溝，這樣的柵欄讓我仍然能夠站在上面。這種溝是給深處地下室的天窗透氣和透光用的。這樣的天窗與其說是開向露天，還不如說是開向地底深處。我的好奇心由此而生，我透過腳下柵欄的鐵條向下張望，期盼著在這種一半露出地面的地下室裡看到一隻金絲雀、一盞燈或者一位住戶。如果我白天的期待落空了，當天夜裡事情偶爾就會反過來，在夢裡會有目光從地下室向我注視，讓我動彈不得。這種目光是戴著尖帽的地下精靈向我射來的。他們剛使我毛骨悚然，隨即便又消失得無影無蹤了。因此當我有一天在《德國兒歌集》中讀到下面的詩句時，我很清楚自己的處境：「我想走下地窖，開桶去把酒倒；那兒站著一個駝背小人，竟把我的酒罐搶跑。」我認識這幫喜歡捉弄人、喜歡惡作劇的傢伙，而且他們以地窖爲家也是不言而喻的。這是「一幫無賴」，與堅果山上偷小公雞和小母雞的夜賊——喊叫「天要黑啦」的縫衣針和大頭針——是一路貨。他們可能對駝背小人知道得更清楚，而我卻無法進一步了解他，直至今日我才知道怎麼稱呼他。是媽媽向我透露了他的存在。每當我打碎了什麼或將什麼東西掉落在地，媽媽會說：「笨傢伙在向你問候。」現在我終於明白她指的是什麼了，她說的就是那個盯著我看的駝背小人。小矮人如果盯著誰看，誰就會心不在焉，他既不留心自己，也不注意那個小矮人，而是神志恍惚地站在一堆碎片前：「我想走進廚房，給自己做一小碗湯；那兒站著一個駝背小人，竟把我的小鍋打碎。」他出現在哪裡，我在哪裡就會空手而歸。東西卻能不受影響，直到幾年後花園變成了小花園，我的房間變成了小房間，長椅變成了小長椅。它們縮小了，彷彿長出了駝背，使它們歸小矮人所有。那個小矮人到處跑在我前面，堵住我的道路。但他並沒傷害我什麼，只是這個灰灰的看守人不時讓我重新憶起那些幾乎被我遺忘，然而曾經屬於我的東西：「我走進小屋，想吃麥片糊糊；那裡站著一個駝背小人，竟將我的糊糊吃掉一半。」小矮人經常這樣站在那兒。只是我從來沒有見到過他，而他卻總是盯著我：在我捉迷藏時藏身的地方，在我佇立的水獺籠子前，在冬日的早晨，在廚房過道的電話機前，在蝴蝶飛舞的布勞豪斯山，在銅管樂中我的冰道上。他雖然早就隱退，但是他的聲音如同煤氣燈罩的嘶嘶響聲，越過世紀的門檻對我輕聲叮嚀：「可愛的小寶寶，唉，我求求你，請爲駝背小人一起祈禱！」

附錄

食物儲藏室

幾乎緊密的菜櫥門縫中，我的手像渴求愛情的人穿過黑夜一般拚命往裡面擠。等我的手在黑暗之中安身立命後，它就開始摸索尋找糖、杏仁果、葡萄乾或者家中自製的糕餅。也如同渴求愛情的人一般，唇還未吻上，女人還未擁入懷裡，觸感便搶盡先機與她們幽會親熱，甚至唇都還未能嘗到甜蜜。抓到蜂蜜、無核葡萄乾甚至米在手上的感覺是多麼好啊！兩者的相遇是多麼熱情，熱情到最後都逃出湯匙的掌握。不用塗抹麵包上、直接可享用的草莓果醬猶如被從父母的掌握搶走的小姐的感恩與狂野，甚至連奶油都溫柔地回應朝著它的閨房勇往直前的追求者的膽大妄爲。那隻相當於年輕唐璜的手不久就入侵遍摸各個櫥格與分間，不斷將滿溢的隔層與洶湧的分量遺留在後，啊！這毫不埋怨不斷更新的嘗鮮。

書桌

醫生發現我近視了，寫給我的處方不只是一副眼鏡，還有一張書桌。它的結構很合理。座椅離開傾斜為了寫字而做的檯面的距離是遠是近，是可以調整的，還有靠背處水平的板子，給脊梁一個安棲之所，更不用說桌面上小小的支書架，簡直就是皇冠上最頂端的明珠，而且還可以左右移動。這張安置窗邊的書桌不久就成為我最喜愛的地方。藏在我的座椅下小小的櫥櫃，裝的不只是我從學校帶回來的書本，還有集郵冊以及三大本我蒐羅的明信片。書桌旁邊堅固的勾子，不只掛著相鄰早餐籃的書包，還有騎兵制服的長劍以及植物標本採集箱。常常，當我從學校回來，第一件事便是與我的書桌相見歡，方式是將它當成我愛做的事情的場所，比如說搬弄剪紙。不久，一杯熱水會取代之前墨水瓶占據的位置，而我則開始裁剪圖案。紙張和簿子的紗幕後有多少期待正凝視著我！鞋楦後的鞋匠、樹上坐著的摘蘋果的小孩、大門前在冬雪中送牛奶的人、獵槍開火，正要朝獵人撲去蹲踞著的老虎、草地上藍色河流前的垂釣者、全心在教師身上的課堂學生和在黑板前比畫著的老師、店裡貨品琳瑯的雜貨店主、帆船在前的燈塔——這些圖案前都籠罩一層薄霧。當這些靜止在紙張上的圖案溫柔地浮起，在小心翼翼來回在圖案背後捲著、刮著、撫摩著的我的指間，厚厚的表皮慢慢脫離變成薄薄的輪捲，先是在它們巨大的、死皮一樣的背面甜蜜眞實的顏色小面積地穿透，彷彿是閃耀的九月驕陽從清晨模糊不清的世界升起，所有被在晨光中重新振作的露水浸潤的萬物面對新的一天發出光芒。這種遊戲玩夠了，總還是有新的藉口出現將學校的作業往後拖延。我尤其喜歡檢視舊本子，如果我成功地在老師收回去前將它保留下來，它就因此擁有特別的價值。現在我的眼光停留在紅筆寫就的成績上，無言的樂趣充滿全身。因爲，如同墓碑上逝者的姓名再也無用無害，簿子裡的紅字再也沒有昔日的權威。以別的方式與更好的興致我繼續在書桌上玩製簿子或學校的書本，又一個鐘頭被虛度。書本必須有一層堅固的藍色包裝紙當封面，而簿子呢，就產生這個規則，每本毫不遺漏都派給一張吸墨水紙。爲了這個有一種專門的小帶子可以買，各種顏色都有。簿子的封皮和吸墨水紙用這種附聖餐小餅乾的小帶子綁起來。等到顏色收集夠了，可以有各式不同的、有氛圍的甚至是刺眼的配色。所以這張書桌和學校的桌子雖然有相似性，更好的是，我在這裡覺得受到保護，而且不能讓學校知道的東西，在這裡也有地方收藏。書桌和我，我們聯手抵抗學校。在學校過完沉悶的一天之後幾乎無法恢復精神，都是書桌重新給了我力量。不只是在家裡我能感覺，甚至在修道院的房室裡，如同中世紀畫中在座椅上或者寫字壇邊的教士，怎麼看都像穿著鎧甲。在這個建置中我開始閱讀《借方和貸方》以及《雙城記》。我利用一天中安靜的時間，將它和其他地方分隔開來。然後我打開小說的第一頁，高興得像第一腳踩上新大陸。實際上，這也是新大陸，在這個大陸上克里米亞島與開羅、巴比倫和巴格達、阿拉斯加和塔什干、德爾菲和底特律都擠在一起彷彿我所收集的香菸盒上的燙金印。再沒有像如此坐困於所有折磨我的工具中——生字簿、算數、字典，而它們對我的要求卻是無效的，更令我覺得欣慰。

猴戲

猴戲——這個詞對成人來說，帶一點戲謔的意味。當我第一次聽見這個字詞時，這種戲謔卻不存在，因爲我還小。猴子在舞台上表現必須不尋常的想法，在舞台這個不尋常的範疇裡是無效的。劇院這個詞像是短促的喇叭聲穿刺我的心頭。想像跟著爆發。但是想像所依賴的軌跡並不是那個引領進入舞台布景之後，對年輕人日後有所啓發的痕跡，而是那個幸運的、聰明的孩子徵得父母同意，下午可以進劇院看戲的軌跡。劇院的入口彷彿是進入時間的缺口，一天之中的一個凹陷，雖然是下午，但是燈已點燃，上床時刻的香味似乎已飄在空氣中，下午的空虛於是被打破。不是爲了要看一眼威廉泰爾或者睡美人；或者並不僅僅是只爲了這個目的。更高的目的在於：在劇院裡，坐在也在場的人群之中。等待著我的是什麼，我不知道，但是我能確定我看到的部分，就是那個意義深遠行爲的前告，在那裡面我與其他人同在。那種行爲是什麼樣的方式，我不清楚。我確定的是，猴子和這個的關係，和最有經驗的劇團和這個的關係一樣重要。猴子與人的距離也並不大於人與演員的距離。

《新德國青年朋友》

迎接這本冊子所懷抱的幸福感，是到達城堡的客人的心情，幾乎不敢往裡面看一眼，幾乎不敢用欣羡的眼光去一一掃過直到他抵達自己的客房必須走過的長廊上的房間。因此他就更想要趕快能夠獨處。那些年我也是抱著這樣的心情，去發現擺滿禮物的聖誕桌上的《新德國青年朋友》最後一冊，當我躲在滿綴金印的封面之後，以便摸索進入武器間或者獵物陳列間，也就是我想在那過夜的房間。沒有比大略目測書中的迷宮，發現了地下通道更美的事了，當這些長長的故事多處被截斷，以便「續集」能持續再現，貫徹整個故事。會怎麼樣呢？當杏仁糖的香味沁入戰役火藥煙塵，在這幅景象中我正好讀到精采的幾頁？如果沉思一會兒後，再拿著禮物走近桌子，那麼他就不再像第一步就踏進擺放聖誕禮物的房間，渴求強烈，而是像從樓梯的平台上走下來，讓我們從我們的精神堡壘中重新走進這個晚上。

後序

後序

班雅明，在柏林出生，一直到移民離開德國都住在那裡。到遙遠的地方去旅行、長期居留巴黎、卡布利島、巴利亞利群島，他長期缺席的柏林並不因此疏遠背棄他。幾乎沒有人像他一樣對柏林各城區如此瞭若指掌，他對柏林城裡的地方名稱、街道名字就像聖經創世紀一般熟悉。老柏林猶太家庭的兒子、古玩商的兒子——還呈現出被傳統所保障的新德國首都的無秩序，最新的等於最古老的。

《柏林童年》一書寫於二十世紀三〇年代初。它屬於摩登時代始祖故事那個圈子，是班雅明生命中最後十五年極度關切的那個圈子，它也建立了跟班雅明為了巴黎篇章所規劃的作品中豐富材料的主觀平衡力量。在作品中他從典範社會和哲學淵源發展的有歷史意義的諾亞形象，應該在這本柏林之書從記憶的直截性閃透出來，帶著圍繞在不可挽回性周遭的因苦痛產生的暴力，那個一失去就成爲自己的末路的寓言。

因爲從異化的近處取來的圖像既不寧靜安逸也不沉穩深思。這些圖像上還籠罩著希特勒帝國的影子。如夢境一般在早已存在中它們與悚慄結合。帶著驚慌失措的驚恐中產階級的天才在自己自傳性的過去中崩塌的氛圍裡意識到他自己：其實是一個表象。與這本書相契合的是，班雅明沒有活著看到這部著作的全部出版；他在移民早期的困境中很多，大部分是匿名特別印刷的作品必須留給報紙，尤其是《法蘭克福日報》與《福斯報》（*Vossische Zeitung*）。

發表的順序他也不再指定；不同的手稿有不一樣的排法。但是〈駝背小人〉必須一定是最後一篇。如果這個人物收集的是無可挽回性，那麼對說故事者他便近乎是童話人物侏儒妖，在沒有人知道他的名字的條件下他才能活下去，而他自己卻洩露了自己的名字。所發生場景中的空氣，在班雅明所描述的故事中正要復甦的，是致命的。凝視它的目光是已經被判死刑者的目光，護衛它的是被判死刑的人。柏林的灰

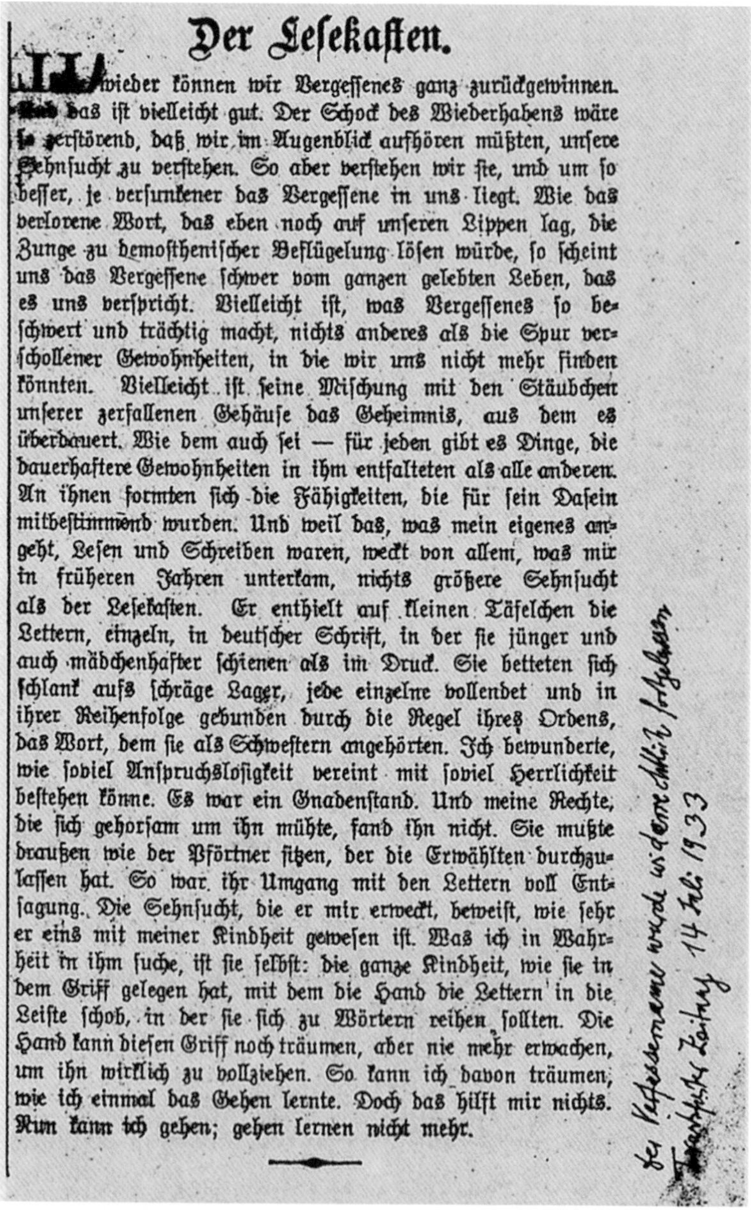

Der Lesekasten.

Nie wieder können wir Vergessenes ganz zurückgewinnen. Und das ist vielleicht gut. Der Schock des Wiederhabens wäre so zerstörend, daß wir im Augenblick aufhören müßten, unsere Sehnsucht zu verstehen. So aber verstehen wir sie, und um so besser, je versunkener das Vergessene in uns liegt. Wie das verlorene Wort, das eben noch auf unseren Lippen lag, die Zunge zu demosthenischer Beflügelung lösen würde, so scheint uns das Vergessene schwer vom ganzen gelebten Leben, das es uns verspricht. Vielleicht ist, was Vergessenes so beschwert und trächtig macht, nichts anderes als die Spur verschollener Gewohnheiten, in die wir uns nicht mehr finden könnten. Vielleicht ist seine Mischung mit den Stäubchen unserer zerfallenen Gehäuse das Geheimnis, aus dem es überdauert. Wie dem auch sei — für jeden gibt es Dinge, die dauerhaftere Gewohnheiten in ihm entfalteten als alle anderen. An ihnen formten sich die Fähigkeiten, die für sein Dasein mitbestimmend wurden. Und weil das, was mein eigenes angeht, Lesen und Schreiben waren, weckt von allem, was mir in früheren Jahren unterkam, nichts größere Sehnsucht als der Lesekasten. Er enthielt auf kleinen Täfelchen die Lettern, einzeln, in deutscher Schrift, in der sie jünger und auch mädchenhafter schienen als im Druck. Sie betteten sich schlank aufs schräge Lager, jede einzelne vollendet und in ihrer Reihenfolge gebunden durch die Regel ihres Ordens, das Wort, dem sie als Schwestern angehörten. Ich bewunderte, wie soviel Anspruchslosigkeit vereint mit soviel Herrlichkeit bestehen könne. Es war ein Gnadenstand. Und meine Rechte, die sich gehorsam um ihn mühte, fand ihn nicht. Sie mußte draußen wie der Pförtner sitzen, der die Erwählten durchzulassen hat. So war ihr Umgang mit den Lettern voll Entsagung. Die Sehnsucht, die er mir erweckt, beweist, wie sehr er eins mit meiner Kindheit gewesen ist. Was ich in Wahrheit in ihm suche, ist sie selbst: die ganze Kindheit, wie sie in dem Griff gelegen hat, mit dem die Hand die Lettern in die Leiste schob, in der sie sich zu Wörtern reihen sollten. Die Hand kann diesen Griff noch träumen, aber nie mehr erwachen, um ihn wirklich zu vollziehen. So kann ich davon träumen, wie ich einmal das Gehen lernte. Doch das hilft mir nichts. Nun kann ich gehen; gehen lernen nicht mehr.

《法蘭克福報》，1933年7月14日，剪報：班雅明，〈識字盒〉。
《十九世紀前後的柏林童年》初次印刷。

燼瓦礫回應堅強的精神內在力量，也就是一九〇〇年左右的柏林。

但是這致命的空氣卻也是童話的空氣，如同竊竊偷笑的侏儒妖也屬於童話，不屬於神話傳奇。即使是不祥嬌弱的微觀中，班雅明還是在哲學寶藏屋的館長，侏儒的公侯。

在神仙的領地上絕望的爆炸被令人安慰地揭露，這裡說的是佚名者作的詩，相傳是賀德林（Hölderlin）所寫。這首詩看起來像是班雅明的作品，班雅明相當喜愛它：

玫瑰所編織圍繞著
終將寂滅的人生
良善的仙啊
祂們幻變與轄賜
萬千的形塑
一會兒醜一會兒美麗

祂們所在處
萬物一起歡笑，配著花朵
而綠像上了釉彩；
黃玉做的城堡
輝煌還帶有花瓶
鑲著鑽石。
錫蘭來的香氣
是永遠的空氣
吹過花園
通道，不是沙洲，
到達智慧的土地
珍珠滿地
自索羅門王以來靠近
輕浮的國土
沒有飛行者。
他們讓我，文字完成後，

關進木乃伊墓穴
交給了空氣精靈

童話攝影的《柏林童年》——它不只是鳥瞰生命早已脫離的餘燼，也是輕浮的國家一霎間的留影，是某個空中飛行的人所按下的快門，當他說服他的對象高高興興的靜止不動時。

阿多諾（Theodor W. Adorno）

PEOPLE 11

Berliner Kindheit um neunzehnhundert

柏林童年

柏林童年／華特．班雅明
（Walter Benjamin）作；
王涌翻譯
－二版.－臺北市：麥田出版，
英屬蓋曼群島商家庭傳媒股份
有限公司城邦分公司發行，
2023.02
面；　公分.－（People；11）
譯自：Berliner Kindheit
um neunzehnhundert
ISBN 978-626-310-405-1（平裝）
875.6　　111022522

封面設計　盧卡斯工作室
內文排版　黃暐鵬
印　　刷　前進彩藝有限公司
初版一刷　2012年3月
二版二刷　2024年8月
定　　價　新台幣350元
I S B N　978-626-310-405-1
其他版本ISBN
978-626-310-412-9 (EPUB)
Printed in Taiwan

作　　者　華特・班雅明
譯　　者　王　涌
審 譯 者　宋淑明、姬健梅
責任編輯　吳惠貞（初版）、許月苓（二版）
主　　編　林怡君
國際版權　吳玲緯
行　　銷　闕志勳　吳宇軒　余一霞
業　　務　李再星　陳美燕　李振東
總 編 輯　劉麗真
事業群總經理　謝至平
發 行 人　何飛鵬

出　　版

麥田出版
115台北市南港區昆陽街16號4樓
電話：(886)2-2500-0888　傳真：(886)2-2500-1951
麥田網址：https://www.facebook.com/RyeField.Cite/

發　　行

英屬蓋曼群島商家庭傳媒股份有限公司城邦分公司
115台北市南港區昆陽街16號8樓
網址：http://www.cite.com.tw
客服服務專線：(886)2-2500-7718、2500-7719
24小時傳真服務：(886)2-2500-1990、2500-1991
服務時間：週一至週五09:30-12:00・13:30-17:00
郵撥帳號：19863813　戶名：書虫股份有限公司
讀者服務信箱E-mail：service@readingclub.com.tw

香港發行所

城邦（香港）出版集團有限公司
地址：香港九龍土瓜灣土瓜灣道86號順聯工業大廈6樓A室
電話：(852) 2508-6231　　傳真：(852) 2578-9337
電郵：hkcite@biznetvigator.com

馬新發行所

城邦（馬新）出版集團【Cite(M) Sdn. Bhd. (458372U)】
11, Jalan 30D/146, Desa Tasik,
Sungai Besi, 57000 Kuala Lumpur, Malaysia.
電話：(603) 9056-3833　傳真：(603) 9057-6622
讀者服務信箱：services@cite.my